Brigitte Schwens-Harrant / Jörg Seip · Schrift ahoi!

Brigitte Schwens-Harrant / Jörg Seip

Schrift ahoi!

Literatur als Seefahrt

Ein Lexikon

/ KLEVER / Essay /

Gedruckt mit freundlicher Unterstützung von:
Bundesministerium für Unterricht, Kunst und Kultur
Stadt Wien / Kultur

ISBN 978-3-902665-66-9

Umschlaggrafik: k-lab Media Design GmbH, Eduard Mang
Coverbild: © Shutterstock
Herstellung: CPi books, Leck

Jedes Lexikon ist ein Durcheinander. Das Alphabet kaschiert bloß die Beliebigkeit und vertreibt die Furcht vor der Endlosigkeit. Es konstruiert eine Linie, um Lesern, Autoren, Interpreten, Kommentatoren das Übersetzen ohne großen Schwindel zu ermöglichen.

Auch dieses Lexikon der Seefahrt (des Lesens, der Literatur) ist ein Durcheinander. Es lädt zum Stöbern und Verknüpfen ein. Spielerisch umschifft es diverse Theorien, Bauweisen und Funktionen der Literatur. Dabei kommen unter anderem die → Passagiere zu Wort, aber auch der → Kapitän und die → Besatzung.

Weil dieses Lexikon verstricken und verführen will, zitiert und pfropft es Texte aneinander, die *kursiv* gesetzt sind. Deren Quellen werden am Ende eines jeden Artikels angegeben, aber ohne Längen- und Breitengrad. Das soll der eigenen Ausfahrt dienen: Lesen ist Seefahrt.

Ablegen

Schiffsreisen beginnen in Häfen, Fernweh- und Sehnsuchtsorte seit Jahrtausenden, Orte, an denen das unberechenbare Flüssige vom sicheren Festen gebannt wird, das Feste sich aber zu verflüssigen scheint. An stürmischen Tagen ist die Gischt meterhoch, die Mauer der Hafenmole löst sich im Salznebel auf und keine Grenze ist mehr auszumachen zwischen Himmel und Erde, → Land und Meer. An windstillen Tagen liegt das Wasser klar und durchlässig, und man sieht die Steine tief unten am Grund des Hafenbeckens, wie zum Greifen nah.

→ Schiffe legen an, sie kommen von weither. *Es war immer das gleiche: irgend jemand hob den Kopf … und entdeckte es.* → Passagiere stehen an Deck und haben → Land entdeckt, an das sie nun benommen wanken. Unter das Kreischen der Möwen mischen sich fremde Sprachen. Fischer → vertäuen ihre Boote und machen sich müde auf den Weg nach Hause, die Leser aber brechen auf. *Die Berge überragen Leben und Tod und die paar Häuser, die sich auf der Landzunge zusammendrängen.* Schon sind die Leser mittendrin.

Die seltsamen Ereignisse, die Gegenstand dieser Chronik sind, haben sich 194' in Oran zugetragen.

Häfen sind Bahnhöfe sind Flughäfen sind Ankunftsorte sind Abschiedsorte. Abschiede auf Zeit, Abschiede für immer. Reisende mit Rucksack, Flüchtlinge ohne Gepäck. Ein europäischer Hafen in den vierziger Jahren des vergangenen Jahrhunderts: Die *Syngdam,* einst als Kreuzfahrtschiff unterwegs Richtung exotische Länder, bricht verdunkelt auf ins amerikanische Exil. Ein Hafen im Sudan der Gegenwart: Seelenverkäufer werden mit Menschenfracht überladen, wenige schaffen den Weg nach Europa, wo auf die → Passagiere schon die Lager warten. Ein Expeditionsschiff ins Ewige Eis: Entdecker halten Ausschau nach → Land, das noch zu taufen ist, möglichst mit dem eigenen Namen. Eine Karacke steuert Indien an, wird aber Amerika finden. Reisende brechen auf in die weite Welt, auf der Suche nach sich selbst …

Schiffsreisen beginnen im Hafen; wo sie enden, ist nicht sicher. Die *Syngdam* ist *nun schon lange versunken, schon während des Krieges, ein durchbohrtes, rostiges Geheimnis im tiefsten Keller der See.* Wer weiterliest, ist nicht nur neugierig auf eine vergangene, untergegangene Geschichte, sondern selbst der Matrose, der an

→ Bord geht, der Fischer, der sich nach der Nacht auf See auf heißen Kaffee freut, der → Passagier, der nun das → Schiff betritt. Das → Schiff der Sprache, das → Schiff der Literatur.

Der erste Satz führt in eine konkrete Zeit: *21. 3. 1946: auf britischem Klopapier.* Der erste Satz führt auf schwankende Planken: *Er war ein alter Mann, der allein in einem kleinen Boot im Golfstrom fischte, und er war jetzt vierundachtzig Tage hintereinander hinausgefahren, ohne einen Fisch zu fangen.* Schon ist die Leserin mit an → Bord. Oder sie sitzt in einem Zug, der sich der Stadt nähert: *Die Lichter wurden zahlreicher.* Manchmal genügt ein Satz und man sieht den Ort, an dem vieles möglich sein könnte und wird: *Am Rande der kleinen, kleinen Stadt lag ein alter verwahrloster Garten.* Ein Satz – und man lebt das Leben einer Figur: *John Franklin war schon zehn Jahre alt und noch immer so langsam, daß er keinen Ball fangen konnte.* Ein Satz – und das Ungeheuerliche bricht ins Leben: *Jemand mußte Josef K. verleumdet haben, denn ohne daß er etwas Böses getan hätte, wurde er eines Morgens verhaftet.*

Ein Satz – und man hört die Stimme des → Kapitäns: *Falls Sie wirklich meine Geschichte hören wollen, so möchten Sie wahrscheinlich vor allem wissen, wo ich geboren wurde und wie ich meine verflixte*

Kindheit verbrachte und was meine Eltern taten, bevor sie mit mir beschäftigt waren, und was es sonst noch an David-Copperfield-Zeug zu erzählen gäbe, aber ich habe keine Lust, das alles zu erzählen. Ist dem → Kapitän zu trauen? *Es wurde dunkel, es wurde hell, dann aber starb ich.* Wohin steuert er das → Schiff? *Es ist vielleicht falsch, wenn ich jetzt erzähle, wie mein Großvater die Mühle weggeschwemmt hat, aber vielleicht ist es auch nicht falsch.*

Wer dieses → Schiff betritt, weiß nicht, was ihn erwartet, er weiß nur: In dieser Welt ist vieles möglich. Viel mehr und oft anderes, als der Klappentext verheißt. *Unbeschwerter Leser, auch ohne Eid darfst du mir glauben, wie sehr ich mir wünschte, dies Buch, dies Kind meines Geistes, wäre das schönste, stolzeste und klügste, das man sich nur denken kann.* Auf einer Schiffsfahrt können Meeresungeheuer begegnen und Piraten, Vergangenheit und Zukunft, → Inseln und endloses Meer. Vielleicht der Leser sich selbst. Was er sehen wird, liegt nicht nur am → Kurs, den der → Kapitän wählt, oder an Wind und → Wetter. Die Leser werden → Land sehen, das nur sie sehen, Personen treffen, die nur sie erkennen, eine Geschichte befahren, die sie sich selbst schreiben – und die sie schreibt.

Auf der Hälfte des Weges unseres Lebens fand ich mich in einem finsteren Wald wieder, denn der gerade Weg war verloren.

Der erste Satz schon lädt ein, mit dem → Schiff abzulegen ins Ungewisse. Mit dem ersten Satz fängt die Verwandlung an:
Als Gregor Samsa eines Morgens aus unruhigen Träumen erwachte, fand er sich in seinem Bett zu einem ungeheueren Ungeziefer verwandelt.
Vielleicht verändert sich auch die Welt des Lesers. Und vielleicht liest sich der erste Satz nach der Lektüre des Buches neu und anders:
Ein Orkan, das war ein Vogelschwarm hoch oben in der Nacht; ein weißer Schwarm, der rauschend näher kam und plötzlich nur noch die Krone einer ungeheuren Welle war, die auf das Schiff zusprang.

Wirklich ist das alles, sobald die Sprache es sagt:
Im Anfang war das Wort.

Die Zitate (*kursiv* gesetzt in folgender Reihenfolge) sind erste Sätze aus:

Alessandro Baricco: Novecento.
Jón Kalman Stefánsson: Himmel und Hölle.
Albert Camus: Die Pest.
Frederik Morton: Das Zauberschiff.
Arno Schmidt: Brand's Haide.
Ernest Hemingway: Der alte Mann und das Meer.
Michel Butor: Der Zeitplan.
Astrid Lindgren: Pippi Langstrumpf.
Sten Nadolny: Die Entdeckung der Langsamkeit.
Franz Kafka: Der Prozeß.
Jerome D. Salinger: Der Fänger im Roggen.
Feridun Zaimoglu: Liebesbrand.
Johannes Bobrowski: Levins Mühle.
Miguel de Cervantes Saavedra: Der geistvolle Hidalgo Don Quijote von der Mancha.
Dante Alighieri: Die Göttliche Komödie. Hölle.
Franz Kafka: Die Verwandlung.
Christoph Ransmayr: Die letzte Welt.
Bibel, Joh 1,1.

Anker

Der Anker ist das schwerste Lot. Er ist der hermeneutische Enterhaken des → Schiffs, seine *Axt* für das *gefrorene Meer*, sein fragenstellender *Hammer* für *geblähte Eingeweide.* Er gibt dem → Schiff die feste Position in der Tiefe inmitten der Strömungen und an der Oberfläche inmitten der Winde. Die Position wird von der Ankerwache gehalten, überprüft, nachgerechnet, kommentiert und korrigiert, bis sich eine nächste, erneute, feste Position ergibt. Liegt der Anker auch fest, hört das Kreisen im Kopf des → Kapitäns nicht auf. Es kreist und zirkelt wild umher, eben auf dass alles fest bleibt. Der Anker ist der hermeneutische Zirkel des → Kapitäns, der *nicht das bloß herausrechnet, was man hineingesteckt hat.* So will er doch wohl und recht gebraucht sein. Denn der Furor des Verstehens umgreift noch jedwede Position, auch die soeben, gerade jetzt bezogene Ankerposition. Er umgreift zudem die dunkle Aufgabe, wie eine Position zu halten sei, oder wie der → Kapitän immer so schön sagt: *In diesem Zwischen ist der wahre Ort*, denn eine Position ist nur zu halten, wenn ich sie ändere. Wo die → Karte festen Grund verheißt, versteht es sich von selbst und „Anker setzen!“ schallts.

Aber wie ist die → Karte zu lesen und wer hat sie schwarz auf weiß gemalt?

Das → Schiff festsetzen, aus ihm die Setzung zu machen, eine Festung auf strömendem Wasser, ein' Burg und ein Wort.
Das des → Kapitäns ist immer klar und lautet: *Sie sollens lassen stahn.* Das Wort macht dem Treiben endlich ein Ende. Das ist Ziel, Zweck und Sinn des Ankerns. Wer die Ankerkette bedient, hat was drauf in Sachen Hermeneutik. Der versteht. Sein Patron Hermes ist zwar ein Taschenspieler, ein Kartenfälscher, ein Lügner, doch was soll's. Auch die See spricht in Mären, seit sie ist. Wer den Anker setzt, hält die nervigen Strömungen und Winde an, schreibt ihnen eine Statik ein, schneidet die eigene Position heraus und ab: den Moment.
Dank Hermes, dem Erfinder der → Karten, dem Schmied des Ankers, dem Eisenwarenfachhändler für Ankerkettenglieder.

In den Stuben an Land und den Kojen unter Deck gruben die Gelehrten in den Seefahrtschroniken und Maschinenhandbüchern, auch in heiligeren Schriften, und warfen auch hier fleißig ihren Anker. Mal hie, mal da, suchten sie Halt, Grund und Mitte.
Das Herz auf allen → Karten war die Stadt Jerusalem, als die Nordung noch nicht erfunden war. Die christliche Seefahrt stülpte

den Körper ihres Gottes mit Hand, Fuß und Kopf über Meere, Inseln und Länder. Auf dass die Welt recht verankert sei. Dass es häufig weicher Schlick, Muscheln oder gar unreiner Ankergrund war, also der Abraum längst verstorbener Gelehrter mit den wuchtigen Kisten der Tradition welcher Farbe auch immer, in den der Anker einsank, sich dann verhakte, so dass man ihn nur unter Mühen wieder heraufholen konnte, weckt das Interesse verspäteter Historiker. Wer will ihnen das abermalige Ankern verdenken.
Es ist gar nicht einfach, einen guten, mehr noch den reinen, rechten Ankergrund zu finden. Manch einen zog die Strömung fort, anderen riss die Ankerkette und sie verloren viel oder alles, und wieder andere warfen den Anker an viel zu kurzer Kette und trieben davon. Manche, so erzählt man, zog das → Schiff auf Grund, weil sie den Anker nicht vom Bug trennten. Es zerbrachen viele → Schiffe im Laufe der Schriftdeutung. Man las viel und fehl. Das kommt davon, wenn man Hermes zum Patron erhebt, von dem doch alle wissen, dass er in seiner Freizeit Ankerketten zu → Seemannsgarn spinnt.

Die nie zur See gefahren, erfanden Regeln zum Setzen des Ankers. Wörtlich und allegorisch, vieles war erlaubt, so man nur das → Land schon riechen konnte. Aber wie im Meer der Texte das → Land finden und festen Grund? Wie ankern? Wie an haftenden

Grund kommen, an den haltgebenden Kern gelangen? Das Bekenntnis des → Kapitäns galt stets alles. Doch die → Kapitäne wechseln mit den Strömungen. Zwar flossen Rum und Tinte reichlich, hämmerte die Presse später, rotierte die Walze, eine Druckmaschinerie, *aus handschriftlichem Nachlasse und nachgeschriebenen Vorlesungen* des ersten Offiziers. Darin war die Antwort nun endlich zu lesen. Allerdings im Plural. Denn, so erfuhr man, es gibt zwei Arten von Ankern, den wörtlichen und den allegorischen. Mindestens.

Der wörtliche Anker liegt sicher im Hafen am Kai. Fest, schwer und ohne Kette. Auf Grund und Boden, den jeder sehen kann. Dieser Anker fiel nie. Der allegorische Anker aber fährt immerzu übers Meer und ist demzufolge schwer zu greifen. Wer ihn näher besieht, findet Spuren verschiedener Gegenden, die Tangarten, Seepocken, Muscheln aller Ozeane. Zudem fällt er immerzu in die Tiefe, sein Rost schillert bunt. Des allegorischen Ankers Kette misst dreiundvierzig Ellen, oftmals mehr. Sie ist verstaut im Ankerkasten der Schrift.

Die lange Kette der Allegorie, die Glied um Glied, Wort um Wort, Bild um Bild verschiebt und die Bedeutungen überspringen lässt, und die fehlende Kette der Wörtlichkeit, die einen Anker für einen Anker für einen Anker hält: Das sind zwei Weisen der Lektüre. Der feste Grund des Papiers und die Strömungen zwischen den Zeilen beschäftigen Logbuchschreiber und Offiziere, Chronisten und Handelskontore. Der wörtliche Sinn liegt immer über, der allegorische unter dem Meeresspiegel. Der eine ruht auf festem Grund, schwarz auf weiß. Der andere schwankt zwischen schwarzen Buchstaben und dem weißen Raum des Blattes, durchmischt beides mit weißen Buchstaben. Er überträgt das eine ins andere und wieder zurück. Doch beide eint etwas, das Hermes uns verschweigt: sie werfen beide *einen Schleier über Brüche, Lücken und Vielheiten.* Die Kontinuität festen Bodens am Kai, in Ufernähe und überm Meer ist das Trugbild, mit dem die Ankerwachen durch die Gezeiten hindurch rechnen. „Natürlich", fallen nun wortgewaltig längsseits die Chronisten mit ihrem chronischen Wissen ein, „denn die Seefahrt steht *unter dem Diktat eines imperialen Geistes* und ist geboren" – und dann senken sie ihre Stimme und fahren langsam, als wären da irgendwelche Untiefen, fort – „ist geboren aus dem *Einheitsdelirium der Hermeneutik des Geistes.*"

Und endlich gibt auch der → Kapitän zu: „Das Ankern *hat nicht einfach einen eindeutigen Sinn*, sondern jedes Ankern *ist motiviert.*“

Das Ankern ist die *Exorzierung des Plurals.* Denn der Anker will den Sinn treffen, immer. Dabei zermalmt er ihn. Das ist eine ganz einfache Rechnung. Er ist siebzehn Tonnen schwer, plus Kette.
Der Anker, nicht der Sinn.

Literatur (*kursiv* gesetzt in folgender Reihenfolge):

Franz Kafka an Oskar Pollack, Brief vom 27. Januar 1904.
Friedrich Nietzsche: Götzen-Dämmerung oder Wie man mit dem Hammer philosophiert.
Hans-Georg Gadamer: Hermeneutik II. Wahrheit und Methode. Ergänzungen.
Hans-Georg Gadamer: Hermeneutik II. Wahrheit und Methode. Ergänzungen.
Martin Luther: Ein feste Burg ist unser Gott.
Friedrich Daniel Ernst Schleiermacher: Hermeneutik und Kritik mit besonderer Beziehung auf das Neue Testament. Aus Schleiermachers handschriftlichem Nachlasse und nachgeschriebenen Vorlesungen.
Jochen Hörisch: Die Wut des Verstehens. Zur Kritik der Hermeneutik.
Jochen Hörisch: Die Wut des Verstehens. Zur Kritik der Hermeneutik.
Jochen Hörisch: Die Wut des Verstehens. Zur Kritik der Hermeneutik.
Hans-Georg Gadamer: Hermeneutik II. Wahrheit und Methode. Ergänzungen.
Jochen Hörisch: Die Wut des Verstehens. Zur Kritik der Hermeneutik.

Arche

Eine Arche ist schnell gebaut, zumal das Material in jedem Baumarkt vorhanden. Schwieriger ist die Motivation. Wozu soll man an sonnigen Tagen in diesen Breiten eine Arche bauen? Zumal in Zeiten, da weder Regen noch Zorn – wessen Gottes oder Reeders auch immer – etwas auszurichten vermag? Denn der Reedergott hat abgedankt. Manche sagen noch heimlich vor dem Schlafengehen Breite, Länge und Höhe auf, und wenn es hoch kommt, rufen sie die Namen und Anzahl der Decks an. Das ist noch lange kein Grund zum Konvertieren. Verfallsthesen sind für die Sesshaften gemacht. Andere sagen Mantras auf, schon der Aura wegen. *Dreihundert Ellen sei die Länge, fünfzig sei die Weite und dreißig Ellen die Höhe. Dreihundert Ellen sei die Länge, fünfzig sei die Weite und dreißig Ellen die Höhe.* Das sind nun schon zwei Weisen, um voranzukommen.

Die erste Weise spricht so: *Dreihundert Ellen sei die Länge, fünfzig sei die Weite und dreißig Ellen die Höhe.*
Eine Arche ist ein Haus aus Holz, das auf dem Wasser gehen kann.

Hoch über dem Grund schwimmt es und bietet Schutz vor dem Ertrinken. Mutige lehnen sich über die Reling oder aus weit geöffneten Bullaugen. Keiner weiß so recht, wieso es die hölzerne Bet(t)statt bei solchem Gewicht nicht in die Tiefe reißt. Ursprung ist eine Sache von Vertrauen und Glauben. Dahin strebt alles, was wer auf der Arche und durch die Arche und in der Arche spricht, liest und schreibt. In der Arche sein, heißt im Ursprung sein. In der Arche sein ist sicheres → Ankern über dem Grundgebälk der Erde. Den Archisten ist dieses unverrückbar: ihnen geht der Satz vom Grunde oder der Satz vom Widerspruch leicht über die Lippen. Jede Taube trägt eine weitere Version davon übers offene Meer hinaus. Die Archisten scheren sich weder um die einen, die ängstlich rufen: *Warum stehen wir hier herum? Dieser Staub wird sich zu unseren Lebzeiten nicht mehr legen.* Noch um die anderen, die sich möglicherweise nie an Gründe zu glauben befähigt sahen, es zum Anarchisten dann aber auch nicht schafften und nun überaus gründlich bekennen: Lasst uns *besser scheitern.*

Die zweite Weise geht so: *Dreihundert Ellen sei die Länge, fünfzig sei die Weite und dreißig Ellen die Höhe.*
Eine Arche ist kein → Schiff, sondern ein Haus mit Büchern. Dieser *große Bücherkasten* ist die Schatztruhe der Menschheit, ihre

Gedächtniskammer. Aber all das ist fast verschollen, mitsamt des Ursprungs. Und jeder, der beißenden Rauch in seiner Nase spürt, wenn er nachts von Alexandria träumt, hofft die Arche zu finden und schaut auf das spiegelglatte Meer hinaus. Noch immer kann die Bücherkiste, die Arche gerettet werden, sagt er sich dann. Und durch die Rauchschwaden und den Traum hindurch klart die Sicht auf. Ein neuer Morgen, an dem sich die Träumer gleich hinsetzen und erneut beginnen, indem sie aufschreiben, was ihnen widerfuhr: *Die Zeit ist … eine Fläche, keine Linie; am Tage ist der Geist wie ein Schiffer auf einem Fluß, und der Nachen treibt; im Traum, zur Nacht, kann er aussteigen und über die Fläche des Zeitenstromes dahinschweifen …* Diesmal wird es eine Reinschrift geben und sie wird besser als die erste Fassung und aufbewahrt, klar und deutlich. Die wird dann gedruckt und gelehrt und in alle Welt abgeschickt.

Jede Bibliothek ist eine Arche. „In der Arche sprechen", das ist eine Tautologie. Denn jedes Sprechen ist ein Anfang.
Das hebräische Wort *tewah* kann *Arche* heißen und zugleich *Wort.* So lesen es die Kabbalisten. Noah hat an einer Sprache gebaut, lange vor dem Turm mit jener sagenhaften *Bibliothek von Babel,* mit dem die Flut kam und Zerstreuung und Vielfalt. Die Sprache ist eine Arche und egal, ob man sie nun für einen Ursprung hält oder nicht:

sie vermag zu retten. *Schreiben, um nicht zu sterben* – das heißt um zu retten.

Das ist, wie wenn man ein Bastkörbchen mit einem Kind namens Rettung, Moses, auf den Nil setzt. In der Arche wiegt sich die Zukunft. Die Schrift wird dem Fluss und dem Meer anvertraut. So entkommt man dem Pharao, selbst wenn dessen Tochter einen findet und erfindet und zu schreiben und zu lesen beginnt. Arche heißt Rettung durch Sprache.

Zwei Lesarten tun sich also auf. Für die einen ist die Arche außerhalb der Sprache, für die anderen ist sie die Sprache selbst. Welche Gründung eher war, darauf kommt es nicht an. Außer man ist an Politik interessiert. Beurteilen Sie selbst, was ist ursprünglicher: 1. *Dreihundert Ellen sei die Länge, fünfzig sei die Weite und dreißig Ellen die Höhe.* Oder 2. *Dreihundert Ellen sei die Länge, fünfzig sei die Weite und dreißig Ellen die Höhe.* Der Zimmermann, den ich danach fragen wollte, hat neulich den Beruf gewechselt. Er liest Beckett. Seine Adresse ist verschollen.

Literatur (*kursiv* gesetzt in folgender Reihenfolge):

Bibel, Gen 6,15.
Bibel, Gen 6,15.
Samuel Beckett: Alle, die da fallen.
Samuel Beckett: Worstward ho/Aufs Schlimmste zu.
Bibel, Gen 6,15.
Alexander Kluge: Interviews.
Arno Schmidt: Traumflausn.
(Erwähnt: Bibel, Gen 11.)
(Erwähnt: Jorge Luis Borges: Die Bibliothek von Babel.)
Maurice Blanchot zitiert nach Michel Foucault: Die Sprache, unendlich.
(Erwähnt: Bibel, Ex 2,3.)
Bibel, Gen 6,15.

Besatzung

Das hat sich aber jemand sehr gut ausgedacht. Dass so ein → Schiff nur fährt, wenn es Besatzung hat, Steuermann, Matrosen, Koch und was man sonst noch so braucht, damit die Segel gesetzt werden können und die Geschichte funktioniert. Königinnen, Amazonen, Einsiedler, Doppelgänger, Witwen, Waisen, Söhne, Töchter, Narren, Weise, Nebenbuhler, Rebellen, Mitläufer, Verräter, Verführer. Wichtig sind vor allem die Sonderlinge. Und die Tiere. Da kann dann auch ein Tiger mit an → Bord sitzen und Richard Parker heißen. Mit ihm nimmt die Geschichte eine nicht unbedeutende Wendung. *Mit einem Tiger an Bord hatte ich keine Chance. Und da das nun feststand, konnte ich genauso gut sehen, dass ich etwas zu trinken fand.* Auch Hunde dürfen mitspielen und erscheinen menschlicher als der Mensch. *Wo kommt denn der Hund her, fragt er, Er ist uns vor ein paar Tagen zugelaufen, und wir haben ihn aufgenommen, er ist ein lieber Kerl, wir haben ihn Achado, Gefunden, genannt, obwohl, wenn man es genau nimmt, wir von ihm gefunden wurden und nicht er von uns.*

Was die Besatzungsmitglieder zu tun haben, gibt – so nehmen wir an – die Schiffsrolle vor, die wir nie zu sehen bekommen. Es sei denn, die → Kapitäne treten aufs Podium und plaudern aus der Werkstatt. Oder verkaufen die Schiffsrolle als Vorlass an das meistbietende Archiv. Dort kann man sie dann in Vitrinen bestaunen. Meist aber bleibt sie im Verborgenen. Dann wird gerätselt, und so mancher Gelehrter hat *kurzerhand beschlossen, den Hund in ein Motiv zu verwandeln, wie er sich alles, was ihm zu nahe trat oder auf unbestimmte Weise lästig wurde, unterwarf, indem er es zum Motiv oder Bild erklärte, gelegentlich auch zu einer Metapher oder zu einem Symbol.*

Wie dem auch sei: Jeder und jedem an → Bord scheint eine bestimmte Rolle zugewiesen, eine Funktion und ein Platz, sonst funktioniert das alles nicht. Der Tiger ist Überraschung, Bedrohung und Spannungsgarant – kann man mit einem Tiger an → Bord überleben? –, der Hund treuer Begleiter in einer unmenschlich gewordenen Welt, der Matrose macht den Matrosen, der Held zieht aus und besiegt den Gegner, die Hexe wartet im Hexenhaus auf die Kinder, die Prinzessin gibt Rätsel auf, die keiner lösen kann, erst der für sie – von wem? – vorgesehene Prinz, Romeo hat Pech und verliebt sich in die falsche Familie, der Steuermann steuert, Odysseus möchte noch ein wenig von der Welt sehen, bevor er heimkehrt, Penelope ist aber in der Zwischenzeit auch nicht untätig, der Koch kocht, der Kochsmaat schält Kartoffeln, der Autor sitzt mit Schreibblockade in seinem Kämmerchen. Das alles klappt, solange die Figuren nicht → meutern.

Wie unterschiedlich sie aussehen, die Mitglieder der Besatzung! Die eine trägt einen Matrosenanzug, der andere einen Pyjama, der ihm längst zu klein ist, der nächste einen sprechenden Namen. Eine kommt daher wie ohne Körper und Namen, aber sie lädt ein, Platz zu nehmen mitten in ihren Gedanken, die man freilich nicht unbedingt versteht, selbst wenn man die Sprache kann. Dafür erkennen wir den eingebildeten Kranken und den Geizigen auf den ersten Blick. Effi Briest und Madame Bovary begleiten wir, bis wir um ihr Schicksal bangen. Andere Besatzungsmitglieder sagen gleich, dass sie erfunden sind.

Dem Matrosen sieht man die Herkunft an: Er stammt aus einem Dorf an der irischen Küste. Der Steuermann verrät sich (und vielleicht auch seinen Schöpfer) durch seine politischen Äußerungen. Die Hexe ist unsympathisch, wir halten zu Hänsel und Gretel. Aber nicht immer. Ab und zu wechseln wir die Seiten.

Ab und zu, manchmal erst im letzten Satz, flackert Erkenntnis auf: *DER RITTER, DAS BIN ÜBRIGENS ICH.*

Der eine redet ununterbrochen, die andere schweigt und verrät sich durch ihr Handeln. So viele Stimmen, man weiß oft nicht, wer überhaupt spricht. Der → Kapitän? Wo ist er denn? Der Matrose, der schon zu Beginn bekundet hat, ein Säufer zu sein?
Sehr glaubwürdig. Und erzählt nicht auf der dritten Seite längst schon eine andere Figur?

So viele Fragen und kein Durchblick. Wann begann die Besatzung denn eine zu sein? *„Sie existieren von dem Augenblick an, in dem du sie erfunden hast", antwortete der Schriftsteller, der sich da gar nicht sicher war.*

Ich, die ich die Dinge in Folge reihe, bin skeptisch. Ich weiß nicht genau, weiß immer noch nicht, wie es funktioniert. Ist es so, dass die Figuren kommen, wann sie wollen, und etwas vorführen, das dann aufgeschrieben werden kann? Oder ist es so, dass jede Figur, ihre Regungen und Worte, erdacht werden? Wie all diese Figuren angeheuert wurden, bleibt Geheimnis. Heuerten sie selbst an? Standen plötzlich vor dem → Kapitän und lockten, riefen: Fang mich, wenn Du kannst!

Oder: *Wir sind auf der Suche nach einem Autor.* Dann gnade Gott dem → Kapitän, vorbei ist seine Ruhe. *Jedenfalls lebten sie, während ich noch die feste Absicht hatte, sie aus meinem Geist zu verjagen, selbständig weiter, als hätten sie sich schon völlig aus jedem Erzählgerüst gelöst, wie Personen eines Romans, die wie durch ein Wunder den Seiten des Buches, das sie zum Inhalt hatte, entstiegen sind. Sie lauerten auf bestimmte Momente in meinem Tagesablauf, um mir in der Einsamkeit meines Arbeitszimmers immer wieder gegenüberzutreten und es kamen bald der eine, bald der andere, mitunter auch zwei zugleich, um mich zu überreden, mir vorzuschlagen, diese oder jene Szene darzustellen oder zu beschreiben, mir die Wirkung, die sich herausholen ließe, vor Augen zu führen, die Neugier, die eine bestimmte ungewöhnliche Situation erwecken könnte, und so fort …*

Oder kam es zum ersten Dialog und der Autor sprach als strenger → Kapitän: *„Hier bei uns, da werden Sie arbeiten müssen." Ich habe auf jedem Schiff arbeiten müssen, entgegnete ich, auf dem ich bisher gefahren sei.*

Oder saß da einer am Schreibtisch, hielt eine leidenschaftliche Rede in seinem Skriptorium, wie ein → Kapitän, der versucht, sich für die nächste Ausfahrt eine Mannschaft aufzustellen? Wieso sollte er auch alles neu erfinden, Figuren gibt es ja bereits genug. Sie wollen nur gut umworben und ausgestattet sein. *Hat der alte Hexenmeister / Sich doch einmal wegbegeben! / Und nun sollen seine Geister / Auch nach meinem Willen leben.* Und schon wird aus Odysseus ein Leopold Bloom, der sich durch Dublin bewegt, Humbert Humbert springt als Hubert Lubert an → Bord und Don Quijote kehrt als Daniel Quinn wieder.

Er hat sich einen Haufen liniertes Kanzleipapier gekauft und fängt mit seiner Geschichte an. Er hat alle seine Romanfiguren dazu gezwungen, bei ihm im Roten Schwan zu wohnen, damit er sie im Auge behalten und aufpassen kann, daß nicht gesoffen wird. So sieht eine irische Variante des Figurensammelns aus. Auf diese Weise, denkt der → Kapitän, kann er seine Besatzung unter Kontrolle halten – doch da irrt er. Schiffsbesatzungen lassen sich nicht einsperren, schon gar nicht in den Roten Schwan.

Zudem werden vielleicht gar nicht alle Figuren gebraucht. Es kommt darauf an, wie sie sich benehmen, ob sie sich als nützlich erweisen oder ob sie die Segel immer verkehrt herum setzen, bis der Mast bricht. Solche setzt der → Kapitän beim nächsten Anlegen vielleicht wieder an → Land, falls er es erreicht.

Vielleicht geht eine über → Bord, das könnte passieren, bei den Schreibstürmen, die nun unweigerlich folgen.

Oder saß da einer und *wollte einen Menschen erträumen; er wollte ihn bis in die kleinste Einzelheit erträumen und ihn der Wirklichkeit aufzwingen?* Formte wie ein Töpfer die Besatzungsmitglieder, wie sie für seine Geschichte vonnöten? Eine Krankenschwester: *Weiße Haube, weiße Bluse, weißer Rock, weiße Schuhe, alles weiß, weiß, weiß, alles von makelloser Reinheit, als handele es sich um einen Engel der Nächstenliebe, der zur Erde hinabgestiegen war, um Kummer und Schmerz zu lindern, solange noch nicht, was früher oder später passieren würde, eilends ein weiterer, gleich gekleideter Engel gerufen werden musste, um Schmerzen und Kummer des ersten zu lindern.* Oder einen Eskimo, *das Wichtigste ist, dass der Eskimo das Gesicht eines Eskimos hat, denn um das zu sein, kam er schließlich zur Welt.* Einen Clown, den man nicht mit hellen Farben ausmalen kann, weil er arm ist, *arm im Sinne von Armut, er trägt ein geschmackloses, zerschlissenes, bunt zusammengewürfeltes Lumpengewand, eine Weste, die ihm bis zu den Knien reicht, eine an den Waden schlotternde Pluderhose, einen Kragen, in den bequem drei weitere Hälse passen würden, ein Halstuch, das aussieht wie eine Wetterfahne, ein auffälliges Hemd, ein Paar Schuhe wie zwei Kähne. All dies wird man beliebig bemalen können, denn da es sich um einen armen Clown handelt, wird sich niemand die Mühe machen nachzuprüfen, ob die Farben dieses Tonerzeugnisses den Anstand besitzen, die Farben zu repräsentieren, mit der sich die Realität des Armen darstellt, selbst wenn dieser gerade nicht als Clown auftritt. Das Schlimme ist, dass dieser Spaßmacher bei näherer Betrachtung nicht leichter zu modellieren sein wird als der Jäger und der Musketier, die so viele Zweifel aufgeworfen hatten. Denn bereits der Übergang zum Narren wird ein Übergang vom Ähnlichen zum Gleichen sein, vom Gleichartigen zum Identischen, vom Verwandten zum Analogen. Anders zusammengestellt, können die Farben des einen ebenso für den anderen dienen, und zwei oder drei Veränderungen an der Kleidung werden den Narren rasch in einen Clown verwandeln und den Clown in einen Narren. Genau genommen sind es Figuren, die sich wohl von ihrer Kleidung wie auch ihrer Funktion her nahezu wiederholen, der einzige Unterschied, den man, vom gesellschaftlichen Standpunkt aus betrachtet, erkennen kann, ist der, dass der Clown für gewöhnlich nicht im Königspalast auftritt.*

Saß da also einer wie Gott und hauchte seinen Figuren Atem ein, *sah alles an, was er gemacht hatte: Es war sehr gut?* Saß da einer und fingierte den Menschen aus Buchstaben in seine Schrift, formte ihn *als Spiegel, um sich darin zu sehen, um sich zu erkennen, um sich zu schaffen?* Denn: *Alle Geschöpfe sind ihr Schöpfer.*

Sehen Sie, wie die Figuren, die das, was ich sage, bevölkern, nicht beschrieben werden und fast kein Relief besitzen: es sind nämlich Sie selber. Ich habe einmal gesagt, das ideale Buch wäre eines, in dem alle Seiten Spiegel sind: sie spiegeln mich und den Leser wider, bis keiner von uns beiden mehr weiß, wer von beiden wir sind. Ich versuche, daß jeder beide ist und jeder von diesen Spiegeln aus der Höhle dessen zurückkehrt, was er war.

Die Besatzung, ohne → Passagiere wäre sie reine Besätzung, überlebt ihren → Kapitän. *Ohne ihn sind wir nichts, aber das Paradoxe an der Situation ist, dass wir, die Chimären im Kopf eines anderen, den Kopf, der uns erschaffen hat, überleben werden, denn sind wir einmal in die Welt geworfen, existieren wir in alle Ewigkeit weiter, und unsere Geschichten werden, auch wenn wir selbst längst gestorben sind, immer weitererzählt.*

Literatur (*kursiv* gesetzt in folgender Reihenfolge):

Yann Martel: Schiffbruch mit Tiger.
José Saramago: Das Zentrum.
Felicitas Hoppe: Paradiese, Übersee.
Felicitas Hoppe: Paradiese, Übersee.
Cees Nooteboom: Ein Lied von Schein und Sein.
Heike Geißler: Nichts, was tragisch wäre.
Luigi Pirandello: Sechs Personen suchen einen Autor.
Luigi Pirandello: Sechs Personen suchen einen Autor, Vorrede.
Joseph Conrad: Jugend.
Johann Wolfgang von Goethe: Der Zauberlehrling.
Flann O'Brien: Auf Schwimmen-zwei-Vögel.
Jorge Luis Borges: Die kreisförmigen Ruinen.
José Saramago: Das Zentrum.
José Saramago: Das Zentrum.
José Saramago: Das Zentrum.
Bibel, Gen 1,31.
Miguel de Unamuno: Wie man einen Roman macht.
Miguel de Unamuno: Wie man einen Roman macht.
António Lobo Antunes: Zweites Buch der Chroniken.
Paul Auster: Reisen im Skriptorium.

Boje

Bojen sind die Statiker der Meere, Bojen sind die Signifikanten der Küsten. Das heißt, sie machen etwas lesbar. Signifikanten, das sind doch diese Zeichen an der Oberfläche, während darunter, ganz unten in der Tiefe oder auch bloß im Kopf des → Kapitäns das Signifikat wie strömender Sand schlummert. Wie Bojen halt, die auf dem Meer, an Küsten schwimmen, um dem Sand darunter und seinen Bewegungen und Verschiebungen eine Stimme zu geben. Meinethalben auch wie die schwarzen Buchstaben auf dem spiegelglatten, weißen Papier, und während sie fest dastehen, flüstert unter ihnen das *Sinngestöber*. Beide, Bojen wie Buchstaben, halten den Ort, damit ein Raum überhaupt erst möglich wird. Gedacht sind Bojen nämlich allein für die Bewegung, für die Passage, für das Zwischen. Auch die Buchstaben wollen die Imagination des Lesers bewegen und stecken diese wie mit schwarzen Stangen bloß ab, so wie die Pricken einen Priel.

Indem Bojen (wirkliche Seefahrer sprechen von Tonnen, aber dieses Lexikon hier fährt im Trockenen und zu → Lande und will nachsichtig sein) einen Ort besetzen und im Fluss der gegenläufigen Strömungen und Tiden behaupten, ermöglichen sie, die selber statische Markierungen sind, eine Bewegung. Sie sind der ideale Statthalter, weil sie der Bewegung eine Stätte geben. Das Paradox der Boje ist, dass sie ermöglicht, was sie selber nicht kann. Bojen sind also Orte, damit ein Raum möglich und passierbar wird. Indem sie daheim bleiben, können die anderen ausgehen. Weil sie ihre Position halten und weder schnell abtauchen noch herumwandern, können die anderen ihre Position wechseln. Diese können eine Serie von Positionierungen probieren und die Orte hinter sich lassen und das Meer überschreiten, bis sie abermals am Kai festmachen und dann doch gleich wieder weiter sind.

Kein Ort, nirgends, aber ist für die Ewigkeit, ein jeder hat seinen Zeitkern. Und da liegt die Herausforderung, denn Bojen fehlt das Wissen um die Tide. Aber was weiß die Boje dann? Haben Bojen ein Wissen? Nein, von Natur aus nicht, sagt der Nautiker vom → Lande. Bojen sind dumm, bis der Lotse sie aufweckt. Das ist frei nach dem Seefahrer Paulus, der im zweiten Logbrief an die Korinther in säuberlichen Buchstaben etwa so schreibt:

Der Buchstabe führt zum Tod, der Geist aber macht die lebendige Passage.

So kommt es, dass das, was Bojen markieren, nicht dasselbe bleibt, sondern sich unter der Boje weg und ohne deren Wissen ändert. Die Bojen sind halt nur Zeichen für einen Ort. Dieser liegt unter ihnen, er unterliegt den Strömungen und Tiden, er schichtet sich um, im Fluss der Bedeutungen, denn *weit ist das Meer und zu zählen nicht der Sand.* Was unter den Bojen geschieht, haben sie, die so treu an der Oberfläche schwimmen, nicht in der Hand. Sände wandern wie → Schiffe, nur langsamer. Es ist wie mit einer Sanduhr. Und mit den Sänden ziehn die Bojen. Wer sie dort hinstellte, wird sie auch wieder umstellen müssen aus Treue zum Sand, nicht zur Boje. Ihre Ankergewichte werden dann ans Licht gezogen und an neuem Ort versenkt.

Der → Kapitän liest mithilfe des Lotsen die Bojenkette. Das sind lauter Signifikanten, denen er vertraut. Ohne dies fände er den Hafen nicht. Sein Vertrauen ist begründet. Aber es leitet sich nicht ab vom eben genannten Grund, dass nämlich die Bojen die Statiker der Meere seien und einen Ort hielten um des Raumes willen. Das tun sie doch gar nicht. Sie wandern mit dem Sand.

Nur weil der → Kapitän das weiß, kann er vertrauen.
Bojen sind lediglich die Zeichen für eine Statik, die es nicht gibt. Anwesende Abwesenheit, sagte Taucher Lacan. Bojen frieren den Moment ein, den Zeit, Mond und Tide verwischen, wirft nun auch der Lotse ein.

Das Vertrauen erhalten die Bojen von den Lesern der Sände und Priele, den Deutern der Untiefen und Tiefen. Stets wird der Ort der Boje verschoben und mit dieser Verwischung fängt jede tiefere Lektüre, die der Meere und die der Texte, an. Eine solche Lektüre hat *notwendigerweise von innen her zu operieren, sich aller subversiven, strategischen und ökonomischen Mittel der alten* Bojen *zu bedienen.* Insofern liest der Lotse die Bojen, indem er sie durchstreicht.
Die Boje *verschwindet und bleibt dennoch lesbar, wird destruiert und macht doch den Blick frei.*

Natürlich gab es immer → Kapitäne, die sich sagten: „Bojen sind die horizontale Signifikantenkette der flachen Gewässer. Punkt. Den beweglichen Signifikaten halten sie stand. Punkt. Und erlauben es uns, hin und her zu flanieren. Punkt." Die Schiffswracks jener → Kapitäne sind bei Tauchern noch heute sehr beliebt.

Eine Boje markiert also immer zwei Dinge zugleich: den Ort und seine Verwischung. Das ist sozusagen das Bild für die Doppelheit einer jeden Lektüre, egal ob ich das Meer oder einen Text lese. Bojen sind unzuverlässige Statthalter, weiß der Lotse – und er fährt in vertraulichem Ton fort: „Darum gibt es uns Leser. Wir achten auf Bojen. Wir vertrauen ihnen. Aber nur, weil wir mit dem Verwischen rechnen." Und er zeigte mir noch viele andere Schablonen und wäre dabei fast auf Grund gelaufen.

Literatur (*kursiv* gesetzt in folgender Reihenfolge):

Paul Celan: Atemwende (Ein Dröhnen).
(Erwähnt: Christa Wolf: Kein Ort. Nirgends.)
Bibel, 2 Kor 3,6.
Bibel, Psalm 139,18.
Jacques Derrida: Grammatologie.
Jacques Derrida: Grammatologie.

Bord(wand)

Die Nellie, *eine Hochseejacht, schaukelte an ihrem Anker ohne das leiseste Flattern der Segel. Die Flut lief ein und es war fast windstill, und da wir flussabwärts wollten, blieb uns nichts anderes als beizudrehen und auf den Wechsel der Gezeiten zu warten.* Hereinspaziert, hereinspaziert, willkommen an Bord. Nehmen Sie Platz, hören Sie zu, wenn Marlow unvermittelt das Wort erhebt und jene Geschichte von der Reise ins Herz der Finsternis erzählen wird. Bald wird Nacht sein, Sie werden Marlow nicht sehen können, umso mehr Gewicht bekommen seine Worte in der Finsternis – *Worte, Worte, Worte,* sie führen Sie, führen alle → Passagiere in den Kongo, jeden in seinen Kongo. Ja, das ist hier möglich: Ein → Schiff zu betreten, dann aber den Kongo zu bereisen – und das eigene Innere.

Hereinspaziert, hereinspaziert: Hier sehen Sie in der kleinen Welt die große Welt. Gehen Sie durch eine Gasse eines alten Kairoer Viertels und lesen Sie darin die Veränderungen und Umbrüche der ägyptischen Gesellschaft. Betreten Sie eine Londoner Straße und mit ihr nicht nur die englische Gesellschaft.

Wenn man ein Haus in der Pepys Road besaß, dann war das so, als befände man sich in einem Spielcasino mit Gewinngarantie. Wohnte man bereits dort, war man reich. Wollte man dort hinziehen, musste man reich sein. Es war das erste Mal in der Geschichte, dass dies der Fall war. Großbritannien war zu einem Land von Gewinnern und Verlierern geworden, und alle Menschen in dieser Straße hatten allein durch die Tatsache, dass sie dort wohnten, gewonnen und erhalten nun alle vierzehn Tage Postkarten mit einem Foto ihres Hauses und dem bedrohlich klingenden Satz: W*IR WOLLEN WAS IHR HABT.*

Hereinspaziert, hereinspaziert: *Wir leben in der Welt der ökonomischen Tatsachen,* lassen Sie sich in die Konsumfestung „Zentrum“ locken, deren Fenster man nicht öffnen kann, aber das werden Sie erst später sehen: *WIR WÜRDEN IHNEN ALLES VERKAUFEN, WAS SIE BRAUCHEN, WENN ES UNS NICHT LIEBER WÄRE, SIE WÜRDEN ALLES BRAUCHEN, WAS WIR IHNEN VERKAUFEN KÖNNEN.* Betreten Sie einen Supermarkt, jedem vertraut, weil man *vielleicht schon tausend- oder zweitausendmal einkaufen war.* Begegnen Sie *unzähligen, wildfremden Menschen* und tun Sie, *als wären sie gar nicht da.* Stellen Sie die großen Fragen der Menschheit: *Kaufe ich richtig ein? Kaufe ich das Richtige? Kaufe ich gerecht? Habe ich vielleicht Milch von unglücklichen Kühen in meinem Wagen?*

Hätte ich nicht doch besser die in Glasflaschen nehmen sollen? Hat das Schwein, dessen Wurst ich essen werde, Antibiotika verabreicht bekommen? Oder hat es zuviel Getreide gefressen, Getreide, mit dem mehr als nur ein paar Menschen auf der Erde hätten satt werden können? Und wer erhält wieviel Geld für ein Produkt? Ist es fair gehandelt worden? Hat man nachwachsende Rohstoffe verwendet? Ist das Produkt recycelbar? Wurde es kohlendioxidneutral produziert? Ist es chlorgebleicht? Genverändert? Unter Verwendung von Tropenholz hergestellt? Sollte ich es besser doch nicht kaufen? Könnte ich nicht darauf verzichten? Muß ich überhaupt etwas kaufen?

Hereinspaziert, hereinspaziert: Hier sehen Sie die Grenzen, die die Welt bedeuten. Und was Menschen tun, um sie zu errichten oder zu überwinden. Besuchen Sie eine kalifornische Siedlung – und damit das Amerika an der Grenze zu Mexiko –, die ihre Mauer immer höher baut, um sich vor Unbefugten zu schützen, *um eben jene Vergewaltiger, Bettler und Autodiebe fernzuhalten, vor denen sie hierher geflüchtet waren.* Gelangen Sie mit einer kinderlosen, von der Schwiegerfamilie verstoßenen Witwe nach einer qualvollen Reise endlich zum Zaun, der Afrika von Europa trennt, und denken Sie mit ihr im Fallen und *noch in dem Augenblick, da ihr Schädel auf dem Boden aufschlug und sie mit weitgeöffneten Augen hoch über dem Zaun einen Vogel mit langen, grauen Flügeln ruhig kreisen sah – das bin ich, Khady Demba, dachte sie im Schwindel dieser Offenbarung, wissend, daß sie dieser Vogel war und daß der Vogel es wußte.*

Hereinspaziert, hereinspaziert: Besuchen Sie die *Zwischenzonen, so etwas wie ein* no man's land, *wo man am Rand von allem und jedem war, auf Durchreise oder sogar in der Schwebe,* etwa das Cafe Condé in Paris. Da sitzt einer und listet die (falschen) Namen auf, um *all die Schmetterlinge, die für ein paar Augenblicke um eine Lampe schwirren, vor dem Vergessen zu bewahren. Er träume, sagte er, von einem riesigen Register, in dem die Namen der Gäste aller Pariser Cafés seit hundert Jahren verzeichnet wären, samt Angabe ihres Eintreffens und ihres Weggehens. Er war besessen von etwas, das er „Fixpunkte" nannte.*

Hereinspaziert, hereinspaziert, betreten Sie Manhattan. Dort *zu leben bedeutet, ständig darüber zu staunen, wie viele Welten hier ineinander verschachtelt sind, mit welch chaotischer Komplexität sie sich verschränken, ähnlich den Fernsehkabeln und den Wasser-, Heizungs- und Abflussrohren, die gemeinsam dieselben Schächte bevölkern, die Straßenarbeiter regelmäßig vor unseren vorbeiziehenden, verwirrten Blicken freilegen.* Das trifft nicht nur auf Manhattan zu, viele Schiffsreisen erzählen von der Ordnung, die die Stadt verspricht, und helfen beim Als Ob: *Wir tun nur so, als lebten wir auf etwas so Geordnetem wie einem Raster.*

Hereinspaziert, hereinspaziert, betreten Sie eine Stadt *ohne Ahnungen, das heißt eine ganz moderne Stadt.* Betreten Sie mit dieser Stadt ohne Ahnungen Ihre Ahnungen. Bewohnen Sie ein anderes Mal eine Stadt ohne Tod und erfahren Sie damit alles andere als Freude. *Die Regierung möchte der Bevölkerung bei dieser Gelegenheit mitteilen, dass die Forschungsarbeiten, die, worauf sie hoffnungsvoll vertraut, zu einer hinreichenden Kenntnis der bislang noch ungeklärten Ursachen des plötzlichen Verschwindens des Todes führen werden, in vollem Gange sind. Ferner möchte sie darüber informieren, dass eine interdisziplinäre Fachkommission, bestehend aus Vertretern der verschiedenen praktizierenden Kirchen und Philosophen der verschiedenen Schulen, die in solchen Angelegenheiten stets etwas zu sagen haben, mit der heiklen Aufgabe betraut wurde, darüber nachzudenken, wie eine Zukunft ohne Tod aussehen könnte, während sie gleichzeitig versuchen wird, eine plausible Prognose der neuen Probleme zu erstellen, denen sich die Gesellschaft gegenübersehen wird, wobei das Schwerwiegendste bereits in dieser grausamen Frage zusammengefasst wurde, Was machen wir mit den Alten, wenn es keinen Tod mehr gibt, der ihren Schrullen ein Ende setzt.*

Lassen Sie sich mit anderen in kleinste Räume sperren oder auf einer → Insel aussetzen und erleben Sie beunruhigt, was mit Ihnen passiert.

Hereinspaziert, hereinspaziert: Besuchen Sie ein Herrenhaus und zoomen Sie sich näher heran: Sehen Sie die Schaukel, die – halb versteckt – die Geschichte anklingen lässt. *In Front des schon seit Kurfürst Georg Wilhelm von der Familie von Briest bewohnten Herrenhauses zu Hohen-Cremmen fiel heller Sonnenschein auf die mittagsstille Dorfstraße, während nach der Park- und Gartenseite hin ein rechtwinklig angebauter Seitenflügel einen breiten Schatten erst auf einen weiß und grün quadrierten Fliesengang und dann über diesen hinaus auf ein großes, in seiner Mitte mit einer Sonnenuhr und an seinem Rande mit Canna indica und Rhabarberstauden besetzten Rondell warf. Einige zwanzig Schritte weiter, in Richtung und Lage genau dem Seitenflügel entsprechend, lief eine ganz in kleinblättrigem Efeu stehende, nur an einer Stelle von einer kleinen weißgestrichenen Eisentür unterbrochene Kirchhofsmauer, hinter der der Hohen-Cremmener Schindelturm mit seinem blitzenden, weil neuerdings erst wieder vergoldeten Wetterhahn aufragte. Fronthaus, Seitenflügel und Kirchhofsmauer bildeten ein einen kleinen Ziergarten umschließendes Hufeisen, an dessen offener Seite man eines Teiches mit Wassersteg und angekettetem Boot und dicht daneben einer Schaukel gewahr wurde, deren horizontal gelegtes Brett zu Häupten und Füßen an je zwei Stricken hing – die Pfosten der Balkenlage schon etwas schief stehend. Zwischen Teich und Rondell aber und die Schaukel halb versteckend standen ein paar mächtige alte Platanen.*

Hereinspaziert, hereinspaziert: Setzen Sie sich eine Schiffsreise lang in eine Trambahn und fahren Sie durch Lebenserinnerungen aufs Ende zu: *Als würde noch etwas anderes als der Sommer endlos im Sterben liegen in der erstickenden Reglosigkeit der Luft, in der noch immer jener Schleier zu schweben schien, den kein Windhauch vertrieb, langsam herabsinkend, mit einem eintönigen Leichentuch den buschigen Lorbeer, die sonnenverbrannten Rasenstücke, die verwelkten Schwertlilien und das mit modrigem Wasser gefüllte Becken unter einer ungreifbaren Schicht Asche begrabend, dem ungreifbaren und schützenden Nebel des Gedächtnisses.*

Hereinspaziert, hereinspaziert: Sie müssen nicht an Deck bleiben. Steile Treppen führen hinab, in die Unterwelt. Lesen Sie die Warntafel *LASST ALLE HOFFNUNG FAHREN, WENN IHR HIER HEREINKOMMT* und gehen Sie trotzdem weiter. Aber ziehen Sie sich warm an. Da unten erwarten Sie die Verstorbenen und mit ihnen Vergangenheit und qualvolle Erinnerung.

Da treffen Sie auf Häftlinge aus den Lagern an der Kolyma. *Wie tritt man einen Weg in unberührten Schnee?* Einer muss vorausgehen, der hat es am schwersten, dann folgen fünf, sechs Männer, Schulter an Schulter. Jeder, *selbst der Kleinste und Schwächste,* muss auf ein Stückchen unberührten Schnee treten, bis zur völligen Erschöpfung. Damit ein Weg entsteht, für Menschen, Schlittenzüge, Traktoren. Doch: *Auf Traktoren und Pferden kommen nicht die Schriftsteller, sondern die Leser.* Sie erfahren von täglicher sechzehnstündiger harter körperlicher Arbeit in Goldminen, Bergwerken und Wäldern, bei bis zu minus 60 Grad, mit erfrorenen Fingern und Zehen, 500 Gramm Brot am Tag und ständigem Hunger und unter der Diktatur der Ganoven, die der Lagerleitung helfen, das Lager als Hölle zu organisieren. *Der inhaftierte Intellektuelle wird vom Lager ausgelöscht. Alles, was ihm teuer war, ist in den Staub getreten, und in kürzester Zeit, die sich nach Wochen bemißt, fallen Zivilisation und Kultur vom Menschen ab.*

Da unten erwarten Sie vielleicht mit jungen Soldaten bang in einer Festung das Ende eines Krieges. Oder mit Flüchtlingen, die einander Geschichten erzählen, das Ende der Pest. Da unten kauern aber auch, als seien sie → Fracht, Menschen, die versuchen, die Überfahrt zu überstehen.

So erbärmlich diese Kammer, in der sie kauerten, auch war, zumindest hatten hier weder die Vergangenheit noch die Zukunft Macht über sie. Frauen von Männern oder Frauen für Männer – in diesen wenigen Augenblicken waren sie weder das eine noch das andere.
Ja, Sie sind im 16. Jahrhundert gelandet und mit acht Frauen unterwegs in die Neue Welt. Sie tragen Namen und Schicksale, aber im Laderaum der *Angelus,* in dem man nicht stehen kann und dessen Gestank kaum auszuhalten ist, gelten die gesellschaftlichen Zuordnungen und Definitionen nicht. Acht Frauen, vielleicht unterwegs Richtung Freiheit, vielleicht auch nicht, versuchen unabhängig von ihrer Herkunft und ihrem Alter einander die Überfahrt erträglich zu machen. *Und als die Lampe schließlich verlosch und sie mit Schwärze umhüllte, verharrten sie, ohne auf die Schritte über ihren Köpfen oder das Gemuhe jenseits der Bretterwand zu achten, lange ohne jede Bewegung. Für sie, die den Himmel nicht sehen konnten, verwandelte sich Zeit in das vorbeiströmende Meer, ohne Marken, ewig und ohne Bedeutung.*

Mag sein, dass in solchen Schiffsbäuchen Neonlicht das Geschehen ausleuchtet, vielleicht aber auch nur eine flackernde Kerze, vielleicht werfen stumme Figuren Schatten an die Wand oder in Ihre Seele, vielleicht sehen Sie alles klar wie im wirklichen Leben oder verschwommen, als wären Sie im Rausch oder als träumten Sie, dass da einer am Floß sitzt und eine Nacht lang → Seemannsgarn spinnt …

Hereinspaziert, hereinspaziert, fallen Sie gleich in einen Kopf: *Wie lang wird denn das noch dauern? Ich muss auf die Uhr schauen … schickt sich wahrscheinlich nicht in einem so ernsten Konzert. Aber wer sieht's denn? Wenn's einer sieht, so passt er gerade so wenig auf, wie ich, und vor dem brauch' ich mich nicht zu genieren … Erst viertel auf Zehn? … Mir kommt vor, ich sitz' schon drei Stunden in dem Konzert. Ich bin's halt nicht gewohnt … Was ist es denn eigentlich? Ich muß das Programm anschauen … Ja, richtig: Oratorium! Ich hab' gemeint: Messe. Solche Sachen gehören doch nur in die Kirche! Die Kirche hat auch das Gute, dass man jeden Augenblick fortgehen kann. – Wenn ich wenigstens einen Ecksitz hätt'!*

Hereinspaziert, hereinspaziert. Was wird Ihnen hier sonst noch gezeigt? Jedes Wort ist bereits beschrieben, das macht es nicht leicht, Raum zu gestalten. *Und nicht wahr, der* Wald *ist verboten, ebenso der* Mond, *die* See *und die* Wüste, *und überhaupt alles, was gern durch die Türen von Dichterkammern schlüpft.* Jeder Raum ist bereits beschrieben, auch wenn Sie ihn noch nie betreten haben – der Wald, der Mond, die See, die Wüste, London, Paris, Rom: Geprägt von

Worten. Und wenn Sie eines Tages nach Rom reisen, betreten Sie nicht nur die Stadt – sondern auch den Text, der diese Stadt ist.

Mir ist
als lasse sich nicht alles ganz gewöhnlich an
(das ist nicht von mir)

Hereinspaziert, hereinspaziert, betreten Sie einen Traum.
Betreten Sie *Worte, Worte, Worte* und den Raum, den Sie sich beim Lesen spinnen.

Einmal fand er einen alten Mann unter Wasser mit einem Schild um den Hals: HIER HIMMEL.
Der Ausländer fragte: Wie, Himmel?
Der Alte zuckte die Achseln und zeigte auf das Schild.

Literatur (*kursiv* gesetzt in folgender Reihenfolge):

Joseph Conrad: Herz der Finsternis.
William Shakespeare: Hamlet.
John Lanchester: Kapital.
John Lanchester: Kapital.
José Saramago: Das Zentrum.
José Saramago: Das Zentrum.
David Wagner: Vier Äpfel.
David Wagner: Vier Äpfel.
David Wagner: Vier Äpfel.
T. C. Boyle: América.
Marie NDiaye: Drei starke Frauen.
Patrick Modiano: Im Café der verlorenen Jugend.
Patrick Modiano: Im Café der verlorenen Jugend.
Jonathan Lethem: Chronic City.
Jonathan Lethem: Chronic City.
Albert Camus: Die Pest.
José Saramago: Eine Zeit ohne Tod.
Theodor Fontane: Effi Briest.
Claude Simon: Die Trambahn.
Dante Alighieri: Die Göttliche Komödie. Hölle.
Warlam Schalamow: Durch den Schnee.

Warlam Schalamow: Durch den Schnee.
Warlam Schalamow: Durch den Schnee.
Warlam Schalamow: Durch den Schnee.
Toni Morrison: Gnade.
Toni Morrison: Gnade.
Arthur Schnitzler: Leutnant Gustl.
Andrea Winkler: König, Hofnarr und Volk.
Jürgen Lagger: Città morta.
William Shakespeare: Hamlet.
Aglaja Veteranyi: Vom geräumten Meer, den gemieteten Socken und Frau Butter.

Deich

Es gibt zwei klassische Geschichten über Deiche, den *Schimmelreiter* von Theodor Storm und die *Vorstellung der Binärzahlen* von Gottfried Wilhelm Leibniz. Die erste ist eine Novelle. Storm gilt als Vertreter des Realismus. Die zweite findet sich unter anderem verstreut in Briefen des ausgehenden 17. Jahrhunderts, der Zeit der frühen Aufklärung, und arbeitet eine Grenzziehung aus. Einteilungen in Epochen und Gattungen sind Deiche.
Deiche ziehen eine Grenze, trennen hier und drüben, gestern und heute, → Land und Meer, den heimischen Herd von der rohen See. *Der Erzähler schwieg; ich griff nach dem gefüllten Glase, das seit lange vor mir stand; aber ich führte es nicht zum Munde; meine Hand blieb auf dem Tische ruhen.* Nun, was soll man auch tun, wenn alles klar eingegrenzt ist. Die Geschichte über Deiche ist zu Ende erzählt und fängt doch erst an.

Das ist wie mit einer weiteren, viel ferneren Erzählung über Deiche, der Schöpfungserzählung. Leibniz bezieht sich auf sie. Sie ist ihm der taktische Schutzraum seiner nackten Zahlen vor den anflutenden

Grenzposten. Jede neue Grenze muss erstmal gesetzt werden und zwar klug. *Der Schimmelreiter* inszeniert ja auch nicht bloß die Grenzziehung zwischen Natur und Kultur oder die zwischen einem magischen und einem technizistischen Weltverständnis. *Soll Euer Deich sich halten, so muß was Lebendiges hinein!,* heißt es im Laufe der Novelle. Das technische Wissen Hauke Haiens um den neuen Deichbau scheint nicht zu genügen angesichts der Urgewalten, die Opfer fordern. Der Mensch hat trotz Elektrifizierung und neuer Medien, die auf dem binären Code beruhen, seine schamanische oder magische Grundierung nicht verloren. Das ist gefährlich, sagt die Aufklärung, aber so ist es halt. Insofern sind manche bestrebt, Grenzen für das Auge unsichtbar zu halten.

Keine Frage, ohne das binäre Dualsystem, dessen kleinste Werteinheit das Bit, die Null oder die Eins, wahr oder falsch ist, würde heute nichts funktionieren. Gottfried Wilhelm Leibniz legte seinem Dienstherrn, dem Herzog von Braunschweig-Wolfenbüttel, in einem Brief vom 2. Januar 1697 die umsichtig in feinstes Glaubenstuch gewickelte Null vor: *Denn einer der Hauptpuncten des christlichen Glaubens, und zwar unter denjenigen, die den Weltweisen am wenigsten eingegangen, und noch den Heyden nicht wohl beizubringen sind, ist die Erschaffung der Dinge aus Nichts durch die Allmacht Gottes.*

Nun kann man wohl sagen, daß nichts in der Welt sie besser vorstelle, ja gleichsam demonstrire, als der Ursprung der Zahlen, wie er allhier vorgestellet ist, durch deren Ausdrückung blos und allein mit Eins und mit Nulle oder Nichts alle Zahlen entstehen. Und wird wohl schwerlich in der Natur und Philosophie ein bessres Vorbild dieses Geheimnisses zu finden sein, daher ich auch die entworfene Medaille gesetzet: IMAGO CREATIONIS.

Und weil die Rückführung der Schöpfung auf zwei Zahlen selbst einem Herzog ein wenig zu klar erscheinen könnte, lag dem Brief nicht bloß besagte Medaille bei, sondern auf dieser die wohlvertrauten Bilder von Licht und Finsternis. *Auf daß aber die Schöpfung besser abgebildet würde, und auch die Medaille selbst nicht nur Zahlen, sondern auch sonst etwas haben möchte, so den leiblichen Augen angenehm wäre; so habe darauf entworfen Licht und Finsterniß, oder, nach menschlicher Abbildung, den Geist GOttes über dem Wasser: denn Finsterniß war auf der Tiefe, und der Geist GOttes schwebete auf dem Wasser. Da sprach GOtt: Es werde Licht, und es ward Licht. Und kommt solches um so mehr zu Passe, weilen die leere Tiefe und wüste Finsterniß zu Null und Nichts; aber der Geist GOttes mit seinem Lichte zum allmächtigen Eins gehöret.*

Ohne angenehmes Bild fürs leibliche Auge schneidet die Grenze zwischen Null und Eins die Pupille. Derart geschmeichelt lässt sich im Handumdrehen die optimale Deichlinie errechnen, eine leichte Übung für den, der den Erzählern zugehört hat. Denn *„das ist die Geschichte von Hauke Haien", begann mein Wirt noch einmal, „wie ich sie nach bestem Wissen nur berichten konnte. Freilich, die Wirtschafterin unseres Deichgrafen würde sie Ihnen anders erzählt haben; denn auch das weiß man zu berichten: jenes weiße Pferdsgerippe ist nach der Flut wiederum, wie vormals, im Mondschein auf Jevershallig zu sehen gewesen; das ganze Dorf will es gesehen haben."*

Und nun müssten wir natürlich hingehen und auch das Dorf hören, um zu wissen, wie verlässlich Erzähler sind. *Der Erzähler schwieg; ich griff nach dem gefüllten Glase, das seit lange vor mir stand; aber ich führte es nicht zum Munde; meine Hand blieb auf dem Tische ruhen.*

Die Erzählung hat den Zuhörer wie einen Deich sicher umschlossen, kein Ertrinken mehr, doch auch kein Entrinnen. Der Zuhörer ist umschlossen.

Grenzen haben ihr Gutes. Sie reduzieren die Komplexität. Wer einen Deich baut, macht das Meer zum Meer und macht das → Land zum

Land. Der Mensch baute und es ward und – gut. Grenzen haben ihr Gutes. Aber Gutes ist nicht für jeden gut. Grenzen benennen klar und eindeutig. *Bis hierher und nicht weiter.* Das vereinfacht die Welt. Die benannte Welt ist die heimische Welt. Es ist immer gut, wenn man weiß, an wen man sich wenden muss und wie man ihn anredet in Not.

Eine alte Geschichte geht so: Da stehen welche und gebieten Einhalt dem Bösen und lassen herein die Guten. Ein Cherub mit flammendem Schwert, ein Zollbeamter mit getuschtem Stempel, ein Stammtisch mit denen, *die immer alles besser wissen.* Es ist immer dieselbe Geschichte, nur jeweils in einer anderen Version. Da ist das → Land, in dem Milch und Honig fließen, und davor ist nichts als der glatte Raum der kriegerischen Wüste oder des tosenden roten Meeres. Hier ist das → Land mit seinen hellen, reetgedeckten Häusern, draußen aber dunkles, stahlgraues Meer mit seinen Mären. Drinnen ist das rettende Haus mit dem Uhrenkasten, draußen steht der Wolf und klopft und sagt, was der Wald ohnehin weiß. Der Zahlencode aus Null und Eins kassibert eine dunkle Mitdrift, die gar nicht so klar, nicht so nützlich, nicht so licht und hell scheint. Hundert Jahre vor Leibniz hieß es statt Null und Eins noch *Sein oder Nichtsein.*

Grenzen zu überschreiten kostet Kraft, sie zu halten bedarf es kluger Strategien und Taktiken, sie zu überspringen war stets verdächtig. Dem Meer ist nicht zu trauen. Das Meer kann jeder sein.
Jede Grenze, auch die noch so kleinste wie etwa die eines inlandigen Siels, bildet die Gründungsgeste aller Grenzen ab und wiederholt diese. *Tod und Leben lege ich dir vor.* Wähle. Der Deichbruch ist vom Herzog, dem machthabenden Gouverneur, zum Sinnbild gemacht worden für das Fallen von Grenzen. Da seht ihr, wie es geht, wenn ihr ... Vorzüglich lassen sich Grenzen instrumentalisieren. Ein Deich aus Sand und Kleie aber versinkt ab gewisser Höhe im Marschboden, nicht minder das Haupt der Haute Noblesse im Korb der Guillotine. Alldas weiß der Gouverneur und auch dies: Deichbau ist ein Geschäft mit Zukunft. Nur dass der Aufklärer Hauke Haien so endete, spricht allein noch nicht gegen Projekte des neuen Deichbaus.

Der Deich ist eine gemachte Grenze. Grenzen schaffen, ordnen und stabilisieren Dichotomien. Sie formatieren die Wirklichkeit, sagen → Land, sagen Meer, sagen Grenze. *Da sprach GOtt: Es werde ... , und es ward ...* . Grenzen ist das Machen der jeweiligen Zeit eingeschrieben. Diesem Machen liegt eine ganze Weltsicht zugrunde.

Der Deich trennt. Er schützt aber auch, wenn die ein oder andere → Insel und manchmal ganze Länder unterhalb des Meeresspiegels liegen. Jeder weiß, dass ganze Länder in wenigen Jahren vom Meer überflutet sind. Das Wissen darum ist eine Anfrage an den Kulturbegriff jeder Gesellschaft, die an ihren Grenzen festhält und diese als naturgegeben im nachhinein stilisiert oder in ein kulturelles Ranking zwängt. Jedes Kind auf Jevershallig weiß: Nur für Macher grenzt der Deich Natur und Kultur voneinander ab.

Eine Scheidewand, ein Pergament, ein opaker Schutzwall angesichts der Wucht des Meeres ist der Deich bloß. Doch hier geht es nicht allein um das Meer und seine Gewalt, sondern zugleich um die Wucht der ökonomischen Sturmfluten, die ganze Länder verschwinden machen. „Das Boot ist voll" lautet noch immer das Credo der zivilisierten Länder. Der Deich ist eine gerade Schere aus Sand, Kleiboden und Gras. Die Schere schneidet das Meer vom → Land ab, der Schnitt ist heute sauber, die Kerbe heißt Küste. Die Schere schneidet Kulturen entzwei. Nicht nur Kartenmacher leben davon. Wo aber die Welt auskartographiert ist, setzen sich Deiche in Köpfen fest. Hamlet sah die Alternativen messerscharf: Tod oder Leben, das keines ist. *Erdulden oder* – so die Alternative –, *sich waffnend gegen eine See von Plagen, durch Widerstand … enden.* Und desillusionierend das Faktum beim Namen nennend fährt

Hamlet fort: *Daß wir die Übel, die wir haben, lieber ertragen als zu unbekannten fliehn.*

Apropos Fakten und Realismus: Ein heutiger Deich ist ein mit Gras bepflanzter asymmetrischer Kleiehaufen mit einem Sandkern.
Es gibt Sommerdeiche, Schardeiche, Leitdeiche, Volldeiche, Ringdeiche, Rückstaudeiche, offene Deiche und andere mehr.
Es gibt Schlafdeiche, oft sind sie die alte Küstenlinie und sehr alt.
Bis zur Burchardiflut 1634, die Zweite Grote Mandtränke (die Erste war die zweite Marcellusflut 1362, bei der das sagenhafte Rungholdt untergegangen ist, 500 Jahre später besungen von Detlev von Liliencron, Naturalist) gab es Stackdeiche, die seeseitig, weil Kleie Mangelware war, eine Wand aus Hölzern, meist aus Baumstämmen, hatten. Der König aber ist der Seedeich oder Außendeich, bis zu 20 Meter hoch und manchmal über 100 Meter breit.

Es gibt Erzählungen, die anders beginnen. Nicht mit dem Ende, sondern mit dem Anfang. Nicht mit dem Deich, sondern dem Ausblick auf das Meer.

Sie beginnen meist so: *Ich griff nach dem gefüllten Glase, das seit lange vor mir stand. Zeit zum Anker lichten! Uns langweilt dieses Land, wir wollen klar Schiff machen!*

Oder auch so: *Da sprach GOtt:* Steh auf. *Geh vor dich hin aus deinem Land ... in das Land, das ich dich sehn lassen werde. Das unentdeckte Land.*

Grenzen sind zum Überschreiten gemacht. Dieses Credo macht etwas anders. Es wäre ein *Gegenwort.*

Literatur (*kursiv* gesetzt in folgender Reihenfolge):

Theodor Storm: Der Schimmelreiter.

Theodor Storm: Der Schimmelreiter.

Gottfried Wilhelm Leibniz: „Vorstellung der Binärzahlen“. Brief vom 2. Januar 1697 an den Herzog von Braunschweig-Wolfenbüttel Rudolph August.

Gottfried Wilhelm Leibniz: „Vorstellung der Binärzahlen“. Brief vom 2. Januar 1697 an den Herzog von Braunschweig-Wolfenbüttel Rudolph August.

Theodor Storm: Der Schimmelreiter.

Theodor Storm: Der Schimmelreiter.

Bibel, Hiob 38,11.

Arnold Stadler: Die Menschen lügen. Alle. Und andere Psalmen, hier: Psalm 1.

William Shakespeare: Hamlet, III/1.

Bibel, Dtn 30,15.

Gottfried Wilhelm Leibniz: „Vorstellung der Binärzahlen“. Brief vom 2. Januar 1697, unter Zitierung von Gen 1,3.

William Shakespeare: Hamlet, III/1.

Theodor Storm: Der Schimmelreiter.

Charles Baudelaire: Blumen des Bösen, hier : Die Reise VIII.

Gottfried Wilhelm Leibniz: „Vorstellung der Binärzahlen“. Brief vom 2. Januar 1697, unter Zitierung von Gen 1,3.

Bibel, Gen 12,1 (Verdeutscht von Martin Buber gemeinsam mit Franz Rosenzweig).

William Shakespeare: Hamlet, III/1.

Paul Celan: Der Meridian.

Entdecken

Solche → Schiffe gibt es auch: Wer sie betritt, wird Entdecker, Aufdecker, Detektiv, Aufleser, Ausleser und kann sich darauf verlassen: Am Ende wird enthüllt und verstanden. *Auf den ersten Seiten gibt es einen unentwirrbaren Mord, auf den mittleren eine langsame Diskussion, auf den letzten eine Lösung.*

Was links ist und was rechts, *kann man nicht velwechsern.* Es bleibt zwar anfangs Geheimnis, aber das ist ein Trick des → Kapitäns, damit die → Passagiere an → Bord bleiben. Nicht alles auf einmal verraten, Informationen nur fein dosiert weitergeben, die Reihenfolge, den → Kurs einhalten: *Die Ordnung vor der ersten Unordnung; Die erste Unordnung; Die Ordnung der Unordnung; Die Entlarvung der anfangs gezeigten Ordnung; Die Verfolgung; Die Befragung; Die scheinbare Wiederkehr der Ordnung und die Ereignislosigkeit vor der zweiten Unordnung; Die zweite Unordnung; Die falsche Entlarvung; Die Ruhe vor der Entlarvung; Die Entlarvung; Die endgültige Wiederkehr der Ordnung.*

Das Happy End der Aufklärung sieht so aus: Alles liegt wieder in der richtigen Schublade. Dies ist gut und jenes böse, dies ist Europa und jenes Amerika, dies ist ein Täter, jene ein Opfer, dies ist nah und jenes fern, dies ist eine Beschatterin, jener der Beschattete, dies ist ein Detektiv und jener ein Mörder, hier sind wir und dort die anderen.

Die Sherlock Holmes, Miss Marples und Hercule Poirots solcher → Schiffe finden mit Verstand und Eifer, mit logischen Deduktionen und fleißigen Ermittlungen des Rätsels Lösung: *Die Lösung aber blühet ihm als Blümlein am Wege.* Vor versammelter → Besatzung wird sie verkündet und die Welt in jene Ordnung gebracht, die sie weder war – *Es war von Anfang an die trostlose Affäre par excellence gewesen* – noch sein wird: *Die Kinder spielen schon den Mord.*

→ Kapitäne, die an die Geschichte von der Schubladenordnung nicht glauben, bringen den → Kurs ins Schlingern. *Nein, ich ärgere mich vielmehr über die Handlung in euren Romanen. Hier wird der Schwindel zu toll und zu unverschämt. Ihr baut eure Handlungen logisch auf; wie bei einem Schachspiel geht es zu, hier der Verbrecher, hier das Opfer, hier der Mitwisser, hier der Nutznießer; es genügt, daß der Detektiv die Regeln kennt und die Partie wiederholt, und schon hat er den Verbrecher gestellt, der Gerechtigkeit zum Siege verholfen. Diese Fiktion macht mich wütend.*

Denn *das Gute und das Böse sind zu sehr ineinander verschlungen in der gottverlassenen Hochzeitsnacht zwischen Himmel und Hölle, die* diese *Menschheit gebar, um je wieder voneinander getrennt zu werden, um zu sagen: Dies ist wohlgetan und jenes vom Übel, dies führt zum Guten und jenes zum Schlechten.* Und schon verlässt das → Schiff den → Kurs. *Nicht der Kriminalfall an sich, nicht die Entlarvung des Täters und die Lösung ist Hauptthema, sondern die Menschen und besonders die Atmosphäre, in der sie sich bewegen.* Detektive werden zu Verbrechern und Verbrecher zu Detektiven. Detektive scheitern und morden sogar, weil sie nichts finden oder sei es aus Missverständnis: weil sie, was sie finden, anders interpretieren, oder weil sie, was sie finden, nicht lesen können. Denn alles Gefundene will verstanden werden.

Im guten Detektivroman wird nichts verschwendet, kein Satz, kein Wort ist ohne Bedeutung. Und selbst wenn es zunächst keine hat, steckt in ihm die Möglichkeit, eine zu haben … Da alles, was gesehen und gesagt wird, selbst das Geringfügigste, Trivialste, etwas mit dem Ausgang der Geschichte zu tun haben kann, darf nichts übersehen werden. Alles wird wesentlich, der Mittelpunkt des Buches verlagert sich mit jedem Ereignis, das die Handlung vorwärtstreibt. Daher ist der Mittelpunkt überall, und kein Kreis kann gezogen werden, bevor das Buch endet. Nichts darf übersehen werden, alles hat Bedeutung. Aber welche? Der Detektiv stolpert als Leser, der Leser stolpert als Detektiv durch die Großstadt, durch den Text und sammelt. Was er findet, sind Buchstaben. Aber was sagen sie? *Die Männer denken, das, wonach es aussieht, kann es unmöglich sein. Die Männer wissen, das, wonach es aussieht, wird es wahrscheinlich sein. Bald werden wir es ganz genau wissen, lautet das Gesetz der Wirklichkeit.* Gilt dieses Gesetz der Wirklichkeit oder haben → Passagiere auf solchen → Schiffen eine Welt entdeckt, *in der die Gesetze der Logik keine Gültigkeit mehr zu haben schienen, in der aber auch kein anderes Gesetz erkennbar wurde, das ihn hielt und vor dem Verrücktwerden schützen konnte?*

Ein Satz ist es oft nur, er *gibt zu verstehen, daß die Lösung nicht stimmt. Der beunruhigte Leser sieht sich noch einmal in den entsprechenden Kapiteln um und entdeckt eine* andere *Lösung, die echte. Der Leser dieses eigenartigen Buches ist scharfsichtiger als der* detective. Einfacher wird die Suche auf solchen Fahrten nicht, aber entdecken heißt dann *das, was noch niemand beachtet hat, auf eine andere Art zu sehen.*

Viele → Passagiere sind auf vielen → Schiffen unterwegs. Manche wollen den Täter entlarven, manche die Zeichen entschlüsseln. Manche wollen ankommen: am Happy End, dem Schluss, der Lösung, der Ordnung. Manche wollen unterwegs bleiben.
Ihr Verdacht gilt nicht nur dem mutmaßlichen Mörder, sondern allen Zeichen und ihren vorgeblichen Bedeutungen. Ihr Verdacht gilt dem Wort, der Sprache, der Ordnung, der Wirklichkeit;
werde aber an einer Weltwand ein Weltbild aufgehängt, das genau jene Welt darstelle, in der es hänge, könne es leicht sein, daß sich für den aufmerksamen Beschauer herausstelle, daß die Welt, in der er sich gerade befinde, vielleicht gar keine Welt sondern vielmehr ein Weltbild innerhalb einer Welt oder eines Weltbildes usw.

Literatur (*kursiv* gesetzt in folgender Reihenfolge):

Jorge Luis Borges: Untersuchung des Werks von Herbert Quain.
Ernst Jandl: lichtung.
Peter Handke: Der Hausierer.
Friedrich Glauser: Offener Brief über die „Zehn Gebote für den Kriminalroman".
Friedrich Glauser: König Zucker.
Peter Handke: Der Hausierer.
Friedrich Dürrenmatt: Das Versprechen.
Friedrich Dürrenmatt: Der Verdacht.
Friedrich Glauser: Offener Brief über die „Zehn Gebote für den Kriminalroman".
Paul Auster: Stadt aus Glas.
Elfriede Jelinek: Gier.
Christoph Ransmayr: Die letzte Welt.
Jorge Luis Borges: Untersuchung des Werks von Herbert Quain.
Ricardo Piglia: Ins Weiße zielen.
Gert Jonke: Schule der Geläufigkeit.

Flotte

Wichtig ist aber, was geht und was nicht geht. Was die Leute lesen wollen. Welche Bücher sie kaufen. Wir betreiben Marktanalyse. Denn: *Darauf muß sich die Literatur einlassen, auf das, was unsere Gesellschaft umtreibt oder zugrunde richtet.* Die Welt ist unübersichtlich geworden und kalt. Die Wirklichkeit ist viel zu kompliziert und der Einzelne in der Postmoderne verloren. Alles ist beliebig geworden.
Wir brauchen Lösungen und Visionen, große Gefühle und ein wärmendes Herz. *Wenn das Herz spricht, ziemt es sich nicht, daß der Verstand etwas dagegen einwendet.*

Wir machen das wie immer schon, und zwar so. Hör zu: *Stell dir einen Film vor, Breitwand, schreib Breitwand, Genrebilder, hab keine Scheu vor nostalgischen Schilderungen. Die schöne Tänzerin, der galante Prinz, das ungleiche Liebespaar. Die derben Sprüche der Bäckersleute, Sex im Palais, Spaziergänge Unter den Linden, Hoftratsch, die Schreie des Kindes. Sex in Den Haag, der korrekte Beamte Boyer, das Fachwerk von Weilburg. Die Räder der Kutschen auf schlammigen Wegen, das geschüttelte Gesicht eines ängstlichen Mädchens, der ärmliche Alltag auf dem Land, mecklenburgische Sommerlandschaften, Jungmädchenträume mit Wetter, viel Wetter. Der König, der ins Bett steigt mit wechselnden Damen, mit wechselnden Stellungen, und der König, der allein aus dem Bett steigt und angekleidet wird. Die Königin, die für alles Verständnis hat und kränkelt. Die Hofdame Goltz als Drahtzieherin. Minna schwärmend im Schlosspark von Ludwigslust, dann ihre beiden Liebhaber, der blöde Charmeur, der schüchterne Verehrer und so weiter. Stör dich nicht daran, dass alle Figuren irgendwie bekannt, die Szenen dir schon vertraut sind, wenn du sie schreibst. Genau das macht den Erfolg.*

Wir lassen die Guten gegen die Bösen kämpfen, und die Schönen sind immer schön. Wir unterlassen komplizierte Sätze und komplexe Handlungen. Wir bewegen uns auf vertrautem Terrain. Wir bedienen uns aus jenen *Urbildern, die einem ins Gedächtnis geprägt sind: die undankbare Tochter, der verratene Vater, auf dem Rasen rennende Kinder, die verlassene Heimat, die Erinnerung an die erste Liebe. Der Kitsch ruft zwei nebeneinander fließende Tränen der Rührung hervor. Die erste Träne besagt: wie schön sind doch auf dem Rasen rennende Kinder!*
Die zweite Träne besagt: wie schön ist es doch, gemeinsam mit der ganzen Menschheit beim Anblick von auf dem Rasen rennenden Kindern gerührt zu sein!

Wir schreiben nicht für einen einzelnen Leser, wir schreiben für ein Kollektiv, wir schreiben für die Masse. Wir schreiben Literatur, *die uns in eine Gußform bringen möchte.* Wir schreiben daher *Literatur aus einer Gußform.*

Wir messen und zählen und berechnen. Wir lassen uns einen tollen Vorschuss zahlen. Wir schreiben für unseren Erfolg. Wir fahren mit der Flotte.

Literatur (*kursiv* gesetzt in folgender Reihenfolge):

Klaus Modick: Bestseller.

Klaus Modick: Bestseller.

Milan Kundera: Die unerträgliche Leichtigkeit des Seins.

Friedrich Christian Delius: Der Königsmacher.

Milan Kundera: Die unerträgliche Leichtigkeit des Seins.

Daniel Pennac: Wie ein Roman. Von der Lust zu lesen.

Fracht

Schluss mit den Märchen, her mit den Fakten. Gold, das glänzt wie das Licht der Aufklärung. Superlative, die wahr sprechen. Bilanzen, die unserer Börse wohl tun. Fakten. Fakten. Fakten. Gelistet. Geordnet. Gezählt. *a) dem Kaiser gehörige, b) einbalsamierte, c) gezähmte, d) Milchschweine, e) Sirenen, f) Fabeltiere, g) streunende Hunde, h) in diese Einteilung aufgenommene, i) die sich wie toll gebärden, j) unzählbare, k) mit feinstem Kamelhaarpinsel gezeichnete, l) und so weiter, m) die den Wasserkrug zerbrochen haben, n) die von weitem wie Fliegen aussehen.* Fakten. Fakten. Fakten. Zieht in die Welt aus, schaut, was Ihr kriegen könnt. Schaufelt den Frachtraum voll. Füllt Bäuche und Bände. Beweist die Wahrheit der Weltanschauung. Die Enzyklopädie des Wissens.
Die Macht der Ordnung.

Die Gelehrten dieses Jahrhunderts, schrieb Georg Forster 1777 im Vorwort zu seiner „Reise um die Welt", *verlangten überlaut, daß man doch nur Thatsachen sammlen sollte. Ihr Wunsch ward erfüllt; in allen Welttheilen trieb man Tatsachen auf, und bey dem Allem stand es um ihre Wissenschaft nichts besser. Sie bekamen einen vermischten Haufen loser einzelner Glieder, woraus sich durch keine Kunst ein Ganzes hervorbringen ließ; und indem sie bis zum Unsinn nach* Factis *jagten, verlohren sie jedes andre Augenmerk, und wurden unfähig, auch nur einen einzigen Satz zu bestimmen und zu abstrahiren …*

Was in den Frachtraum kommt, wird freilich ausgewählt, und selten vom Volk. Hinter jedem Faktum steht ein Auftraggeber. Schon regiert der Geschäftssinn und zählt. Auch Georg Forster konnte ein Lied darüber singen: *Ein höherer Befehl blies den Herrn von Bougainville von der Insel* Juan Fernandez *weg und brachte die englischen Kanonen zum Stillschweigen, als die* Endeavour *die portugiesische Festung auf* Madera *beschoß.* Sehr authentisch könne eine Beschreibung nicht sein, die vor dem Abdruck *Censur* und *Verstümmelung* über sich ergehen lassen muss, meinte Forster lakonisch über die Reisebeschreibung eines anderen. Höhere Befehle und niedere Gelüste – schnell ist ein Teil der Fakten im Meer verschwunden oder erst gar nie aufgetaucht. Das geschieht mit und ohne Absicht.

Denn welche Fakten? Jene von Captain Cook oder jene von Georg Forster? Fakten sammelt man nicht bloß. Fakten schafft man.

Beim Verfassen eines Reiseberichtes und schon vorher, beim Wahrnehmen. *Capitain* Cook *hatte alle Hände voll zu thun, um das Schiff mit Lebensmitteln zu versehen und wieder in Stand zu setzen; dagegen ich den mannigfaltigen Gegenständen nachgieng, welche die Natur auf dem Lande ausgestreuet hatte. Hieraus ergiebt sich von selbst, daß unsre Vorfälle und Gegenstände sehr oft verschieden gewesen seyn müssen, und daß folglich auch unsre Beobachtungen oft nicht das mindeste mit einander gemein haben.* Forster weiß: Selten haben *zween Reisende einerley Gegenstand auf gleiche Weise gesehen, sondern jeder gab, nach Maßgabe seiner Empfindung und Denkungsart, eine besondere Nachricht davon.*

Was dem einen eine Rasierschüssel, ist dem anderen ein Helm. Das weiß auch Don Quijote. Er kennt das Märchen von den wahren Fakten, dem sicheren Wissen und den Werten. Es scheint, als kämpften die Narren der Literatur weniger gegen Windmühlen denn gegen vorgebliche Fakten. Allen voran Don Quijote, der leidenschaftliche Leser von Ritterromanen. Diese warben mit Titeln wie „wahrhaftige Geschichte“ oder „Historia“, mit erfundenen Quellenangaben und angeblicher Übersetzung von Vorlagen: mit Fakten. Im Kopf bevölkert mit dem, *was er in den Büchern fand, mit Verzauberungen und Turnieren, mit Schlachten, Fehden, Blessuren,*

Liebesschwüren, Amouren, Herzensqualen reitet Don Quijote durch die Mancha und entdeckt, dass die Welt nicht dem gleicht, was er über sie gelesen hat, dass seine Welt nie der gleicht, die ein anderer sieht.

Der moderne Roman ist geboren. Fakten gibt es nicht.
Im Frachtraum rumort es.
die aprikosenbäume gibt es, die aprikosenbäume gibt es

Literatur (*kursiv* gesetzt in folgender Reihenfolge):

Jorge Luis Borges: Die analytische Sprache von John Wilkins.
Georg Forster: Die Reise um die Welt.
Georg Forster: Die Reise um die Welt.
Georg Forster: Die Reise um die Welt.
Georg Forster: Die Reise um die Welt.
Miguel de Cervantes Saavedra: Der geistvolle Hidalgo Don Quijote von der Mancha.
Inger Christensen: alphabet.

Hafenmeister

Wie beginnen?

Ich bezeuge: Dies alles ist erfunden. Selbst mein Zeugnis. Haue, zwänge, presse, schwärze es in Schrift. Amtlich oder nicht. So – Endlich. Hauptsache ein Anfang (→ Ablegen). Ein Zeugnis, klar und deutlich. Eine Erfindung, aktenkundig, gestempelt, beglaubigt. Ein Hafenpapier. Authentisch oder authentisch gemacht. Las doch neulich statt authentisch, was ohne Zweifel auch dastand, das Wort autistisch. So wahrgesprochen kann begonnen werden. Jetzt. Wäre nicht die Schrift. Denn alle „Schriften“ haben jenen Haken (→ Anker), der ihnen voraus ist, den sie nicht sehen oder den sie übersehen, von dem sie den Blick abwenden oder gar nicht hinsehen, indes sie schlagen ihn, den Haken. Immerzu. Das macht sie fürs Erste berechenbar. Jede Schrift hat eine genaue Ankunftszeit und einen Liegeplatz im Hafen, weiß der Hafenmeister. Klar, das Meer unterspült das ganze Schriftgebälk. Platon sagt das die ganze Zeit, oder vielmehr und darin liegt das Paradox, seine Schrift schreibt unentwegt gegen das Schreiben an, aber sein Plädoyer gegen die Schrift ist selber eine Schrift. Doch im Hafen ist das anders, kein vom Meer unterspültes Gebälk. Der signifikante Tidefluss hin und her wird hier vertäut und die Bedeutung an Duckdalben festgemacht. Die ideale Schrift war nie ein Schriftgebälk. Denn die Schrift ist, obschon viele Monde ein Supplement, unberechenbar, und nunmehr auf Reisen geschickt, aufs → Schiff gesetzt, als → Arche getauft. „Ich bezeuge. Die Arche. Ich erfand."

Dabei ist die Sprache seit jeher ein Janusdoppel aus Schrift und Stimme. Die Schrift mit ihrem bauchigen Rumpf mit sechsundzwanzig Nieten und die Stimme unter vollen Segeln, gekappt die Takelage, machen Sprache aus. Im Hafen überschlagen sich die Stimmen der Stauer und Lotsen, doch für den Hafenmeister gilt nur eins, die Schrift. Den Stimmen fehlt der Stempel. Schrift hingegen fließt nach so schönen Regeln von einer Seite zur anderen, vom Anfang der Rolle zu deren Ende, von rechts nach links und oben nach unten und umgekehrt nicht minder, kurz von Hafen zu Hafen und von → Karte zu Karte. In allen Häfen ist Verlass auf die Schrift, sie hat ihre genaue datierbare, historische Ankunftszeit und ihren sekundengenau ortbaren Liegeplatz nach Längengrad und Breitengrad. Natürlich fließt Schrift immerzu – – – auch nach diesem Beginn, der gar keiner ist. Und jedes Postskriptum ist ein bloß in die Vorzukunft vertagter Anfang, den man hinter sich gebracht zu denken gelernt haben wird. Der Schrift wohnt die Adresse inne. Sie ist kein Supplement für den Hafenmeister. Trotz der Gischt auf der Adressierung. Er wird gewusst haben: Eine weite große große Fläche und nicht einfach zu beschreiben: Das ist der Hafen. In ihm geht es um Fläche und nicht um Tiefe. Er hat nur eine Passage zum Meer, er ist nicht das Meer. Der Hafenmeister, das ist bezeugt, schreibt die Schrift über und über, verwechselt die Etikette *auf Treu und Glauben.* So geht Umschlagen. Immer unter dem wetterfesten Daumendruck der Zeit.

Wie beginnen? Es geht auch langsamer. Der Hafenmeister ist der Hafenschreiber, meinethalben auch Lektorin, Gutachter, Setzerin, Leserin, Drucker – alldies in einem. Er sammelt Ladungen, Schiffe, → Kapitäne, → Besatzung, so halt alles, was ihm unter die Finger kommt. Kurzdefinition von Hafen: Das ist das zu Bemeisternde oder schlicht der Diskurs. Das Schlichte ist das Offenliegende, nichts Verborgenes, keine Hintertür und kein Hintersinn, der zu deuten wäre. Und dennoch ist das Schlichte ja doch viel zu oft das Schwere, wie sich jeder angesichts der Hektik, die so ein Hafen mit sich bringt, vorstellen kann, die Gleichzeitigkeit von so vielem, worauf soll man da nur achten und so fort.

Der Hafenmeister meistert nichts als – und das ist eine ganze Menge – ein- und ausfahrende → Schiffe, hin- und hergereichte Frachtpapiere, an- und ablegende Lotsenschiffe, zu löschende und zu stauende Ladungen, Liegeplätze, das Kapitänspatent und so weiter und so weiter. Er setzt voraus, dass in jeder Hafenstadt jederzeit der Hafen *zugleich kontrolliert, selektiert, organisiert und kanalisiert wird – und zwar durch gewisse Prozeduren, deren Aufgabe es ist, die Kräfte und die Gefahren,* die solch ein Hafen mit sich bringt, *zu bändigen.*

Er beobachtet das Hin und Her (lateinisch *discurrere;* französisch *discours*) der → Schiffe, Kräne, Schlepper und so fort. Dabei sucht er die → Kapitäne auf und er sucht natürlich nach Regeln, die das zerstreute Treiben im Hafen steuern. Er liest, schreibt, sammelt und archiviert. So sitzt er dann im Hafenmeisterhaus, wie er sagt, *um an das Ende der Sprache zu gelangen, um an das Ende jeder möglichen Sprache zu gelangen, ... damit das Leben, das man um das Blatt Papier herum hat, neben, außerhalb, fern von ihm, dieses Leben, das überhaupt nicht lustig ist, sondern eher langweilig und voller Sorgen, das den anderen ausgesetzt ist, von diesem kleinen papiernen Rechteck aufgesogen wird, das man vor Augen hat und dessen Herr man ist.*

Der Hafenmeister treibt aber keine Hermeneutik, er braucht keinen → Anker. Er will die → Schiffe, die Logbücher und ihre Symbolik nicht besser oder gar tiefer verstehen, sondern er fertigt eine → Karte an, misst nichts als den Abstand *zwischen dem Diskurs der anderen* einlaufenden → Schiffe und dem eigenen Diskurs, dem seines Hafens. Auf meinen Einwand, wie das denn ginge, gleichzeitig zwei Diskurse zu führen, den des Hafens und den seines Hafens, eine doppelte Buchführung sozusagen, schüttelt er den Kopf und sagt, auch wenn ich meinen Hafen nicht von außen sehen kann, muss ich ihn von außen zu sehen versuchen, auch wenn es kein Außen des Diskurses gibt, muss ich doch die ganze Zeit mit dem Außen rechnen.
Ich bin Arzt, fährt er, weil ich nichts entgegne, nach einer Pause fort, *sagen wir Diagnostiker. Ich möchte eine Diagnose stellen und meine Arbeit besteht darin, durch das Aufschneiden der Sprache etwas freizulegen.* Der Sprache, frage ich verwundert nach, wie nur komme er inmitten der Kräne und Container auf die Sprache? Ja nun, im Archiv waren wir noch nicht, er zog die Augenbrauen hoch und fuhr unverdrossen fort. Ich suche *nach dem Verhältnis Ausschluss-Einschluss.* Denn so funktioniert ein Hafen. Ausschluss und Einschluss, das macht die Sprache. Natürlich nicht sie allein, aber vor allem sie. Immer wird da etwas ausgeschlossen und dabei dennoch eingeschlossen. Es geht gar nicht anders in einem Hafen. Da gilt es aufzupassen. Wann schließt

ein Hafen auf einmal genau das ein, was er sonst ausschließt, das ist doch eine spannende Frage (→ Fracht). Eine angemeldete Hafenrundfahrt mit der Queen Mary 2 oder eine Überfahrt nach New York mit Schlepper Bugsier 17, das muss ich doch scheiden.

Die Sprache, begreife ich erst langsam, ist der Tidefluss aus Gesagtem, und aber auch aus Ungesagtem und Unsagbaren. Doch dem Hafenmeister ist das schon zu viel und arg allegorisch. Zugleich genügt ihm das nicht. Es ist ihm zu viel, weil die Sprache wie das Meer unendlich ist. Da kann und muss ein Hafen nicht mithalten. Der Hafenmeister hat gelernt, sich zu beschränken. Mir reichen die Papiere, die man mir vorlegt oder die ich finde, da steht alles drin, mehr bedarf es nicht, sagt er. Mir reicht, weil du es mit der Allegorie doch so hast, die Schrift des Meeres, und er lacht. Und ernst setzt er nach: Aber nicht bloß die Buchstaben Schwarz auf Weiß, die genügen mir nicht, sondern ich suche hier im Hafenmeisteramt und unten im Archiv, was die Buchstaben verschweigen, was sie nicht sagen und was sie verhindern.

Beim Weggehen bemerkte ich in seinem Büro einen Spruch. Er hing über einer historischen → Karte des Hafens. Handschriftlich stand da: *Es gibt keinen Text unterhalb.*

Literatur (*kursiv* gesetzt in folgender Reihenfolge):

(Anspielung auf: Samuel Beckett: Endspiel.)

Gotthold Ephraim Lessing: Nathan der Weise, II,1 und III,7.

Michel Foucault: Die Ordnung des Diskurses.

Michel Foucault: Das giftige Herz der Dinge. Gespräch mit Claude Bonnefoy.

Michel Foucault: Das giftige Herz der Dinge. Gespräch mit Claude Bonnefoy.

Michel Foucault: Das giftige Herz der Dinge. Gespräch mit Claude Bonnefoy.

Michel Foucault: Das giftige Herz der Dinge. Gespräch mit Claude Bonnefoy.

Michel Foucault: Archäologie des Wissens.

Insel

Immer nur Meer. Wohin man auch blickt: Nichts als Meer. Wer hält das aus? Wir nicht. Deswegen haben wir die Inseln erfunden. Und *wir kamen von Insel zu Insel, und von Küste zu Küste, und wir kauften und verkauften und tauschten überall, wo wir landeten, und wir folgten unserem Kurse, bis wir zu einer Insel kamen, die da war wie ein Garten unter den Gärten des Paradieses.*

Die Insel ist anders. Das merken Sie doch sofort: *Neben dem Flughafengebäude war so etwas wie ein tropischer Garten mit künstlichen Teichen und Bächen und brennenden Fackeln zwischen dem Buschwerk angelegt.* Kommen Sie aus der Wüste? Hier wiegen sich die saftigsten Palmen. Gehen Ihre Nachbarn auf zwei Beinen? Hier laufen sie auf allen Vieren – oder sehen statt mit zwei Augen bloß mit einem. Schlagen Sie einander seit Jahrhunderten Köpfe und Burgen ein? Auf unserer Insel finden Sie die friedlichsten Lebewesen, die Sie sich nur vorstellen können. Kommen Sie aus kalten Ländern? Bei uns wärmen Sie sich auf. Tragen Sie zu Hause lange Unterwäsche? Genießen Sie hier nackte Hüften. Essen Sie daheim Aufgewärmtes?

Hier wachsen Ihnen am Strand die knackigsten Früchte in den Mund. Dazu gibt es schönste Perlen. Von den vergrabenen Schatzkisten im Hinterland ganz zu schweigen. So oder so ähnlich steht es im Prospekt: Die Insel ist anders.

Die Insel ist sicher. *Wir müssen also erst mal feststellen, ob es eine Insel ist oder nicht.* Doch um das zu wissen, brauchen wir den Überblick. Ein Berg könnte helfen. Wie groß muss eine Insel sein, damit man sie noch Insel nennen kann? Mit dem Fernglas suchen wir das Meer ab nach feindlichen → Schiffen. *Unter diesen Umständen erschienen unsere geschlossenen Fensterläden und der schwere Riegel an der Haustür ganz vernünftig.* Wir wissen uns gerahmt und glauben uns versteckt. Die Insel ist sicher.

Die Insel ist eng. Sie hat eine klare Grenze. Mit dem Fernglas suchen wir das Meer ab nach ankommenden → Schiffen. Nachts zünden wir auf dem höchsten Berg ein Feuer an, das keiner sieht. Wir fühlen uns isoliert und gefangen. Die Insel ist eng.

Die Insel ist formbar. Kaum kommen wir hier an, machen wir sie uns untertan. Nützlich ist vieles: *besonders Federn, Tinte, Papier, einige Bündel Schriften aus dem Besitz des Kapitäns, des Steuermanns und des Stückmeisters, drei oder vier Kompasse, etliche mathematische Instrumente, Sonnenuhren, Ferngläser, Seekarten, Logbücher. Das alles hatte ich zusammengerafft, ob ich es nun brauchen konnte oder nicht; ich fand auch drei sehr gute Bibeln …* Mit dem Wissen und Unwissen unserer alten Welt bauen wir uns eine neue. Wir gründen eine Religion. Die Insel ist formbar.

Die Insel hat ihre Zeit. Wer kommt, geht wieder. Mit Floß, → Schiff, Flugzeug oder auf der Bahre. Die Insel hat ihre Zeit.

Die Insel ist alles, was möglich sein kann. Wir erleben Abenteuer und Aventiuren, begegnen Unsterblichen, Glückseligen, Zauberern, Ungeheuern und pensionierten Piraten. Wir sehen Kinder wie Krieger kämpfen und Krieger wie Kinder spielen, wir sehen Pinguine mit Seelen watscheln und die Syphilis lauern.
Hier wuchert Wildnis. Wir entziffern Fußspuren und organisieren das Grauen. Hier wird laboriert. Mit Menschen und Affen und Möglichkeiten. Die Insel ist unheimlich.

Die Insel bin ich. *Jeder von uns ist eine Insel, von verräterischem Wasser umschlossen, und was wir alle zusammen erreicht haben, ist nichts als Zufall –*

Literatur (*kursiv* gesetzt in folgender Reihenfolge):

Erzählungen aus 1001 Nacht, Die erste Reise Sindbads, des Seefahrers.
David Lodge: Neueste Paradiesnachrichten.
William Golding: Herr der Fliegen.
E. L. Doctorow: Homer & Langley.
Daniel Defoe: Robinson Crusoe.
Louis Paul Boon: Menuett.

Kapitän

Da steht er auf der Kommandobrücke, trägt einen Bart, seine Haut ist von Seeluft und Sonne gegerbt und mit allen Wassern der Welt gewaschen. So habe ich mir als Kind einen Kapitän vorgestellt: männlich, alt, seeerfahren. Er weiß den → Kurs, er hält den → Kurs.

Damals, als ich so dachte, war ich ja selbst oft Kapitän. *Das Segelschiff glitt durch die Wellen, ich* war *der Kapitän, du der Bootsmann. Ein Imperfekt des Halbschlafes, der Hypnose. Mein Bruder und ich* waren *Seemänner, Goldgräber, Taucher, Überflieger, mutige Kapitäne.* So war das damals. Denn *Kinder werden als* Kapitäne *geboren.*

Manchmal habe ich selbst das Verlangen verspürt, Seeräuber zu sein. Der Leser, wenn er nur tief genug in sein geheimes Herz schaut, findet dort – aber vergessen wir, was er dort finden wird. Schließlich schreibe ich nicht seine *Autobiographie, sondern meine.*

Da steht er also, der Kapitän meiner Vorstellung, blickt aufs offene Meer und sieht aus wie einer, der alle Meere kennt. *Er wirkte wie ein*

Lotse, und das ist für einen Seemann die Vertrauenswürdigkeit in Person. Ich glaube ihm daher alles, so unglaubwürdig das → Seemannsgarn auch ist, das er erzählt. Dass Josef K. eines Morgens verhaftet wurde, *ohne daß er etwas Böses getan hätte.* Dass um die Mitte des sechzehnten Jahrhunderts an den Ufern der Havel *ein Roßhändler, namens* Michael Kohlhaas, *Sohn eines Schulmeisters, einer der rechtschaffensten zugleich und entsetzlichsten Menschen seiner Zeit* lebte. Dass die Hochseejacht Nellie an ihrem → Anker schaukelte, *ohne das leiseste Flattern der Segel.* Dass an einem Ort in der Mancha, der Kapitän will sich nicht an den Namen erinnern, vor nicht langer Zeit ein Edelmann lebte, *ein Hidalgo mit Lanze am Waffenhaken, alter Ledertartsche, dürrem Gaul und flinkem Jagdhund. Mittags ein Eintopf mit mehr Rind als Hammel, am Abend meist saures Haschee, am Samstag fromme Eier mit Speck, Linsen am Freitag, am Sonntag als Dreingabe ein Täubchen, so waren drei Viertel seiner Einkünfte verzehrt.*

Da steht er also, der Kapitän meiner Vorstellung, und blickt aufs offene Meer, als könnte er mehr sehen als wir. Als wüsste er alles. Was geschehen ist und was geschieht und was geschehen wird. *Der Kapitän hat niemanden über sich außer Gott und den König. Der Kapitän hat eine Kajüte, in der ein gepolsteter Stuhl steht und in der sogar ein Klavier stehen kann. Der Kapitän rollt Seekarten aus und deutet auf unbegreifliche Linien mit seiner Pfeife, er schreit: „Vorwärts!", und steht im Sturm salutierend am Bug.* Der Kapitän tut, als könnte er in alle Köpfe sehen, auch in meinen. Ich höre ihn raunen: *Ich bin nicht zugegen und dennoch allhier; ich reihe die Dinge in Folge.* Als hätte er schon alles selbst erlebt oder zumindest gehört, als wüsste er daher auch immer, wie die Geschichten weitergehen. *Erfahrung,* murmelt er, *die von Mund zu Mund geht, ist die Quelle, aus der* alle Kapitäne *geschöpft haben.*

Manchmal sieht er aus wie eine Figur, die er selbst erfunden hat. Dann trägt er einen Namen, hat ein Geschlecht, ein Alter und ist von Beruf vielleicht Schriftsteller. *Er verbringt die Tage und Nächte mit Bücherlesen und schreibt gelegentlich eins. Seine Figuren müssen bei ihm im Hause wohnen. Niemand weiß, ob sie überhaupt da sind oder ob alles Phantasie ist. Ein großer Mann.* Oder eine große Frau. Manchmal hat er Eltern. Obwohl er selten von der eigenen Zeugung spricht. *Ich wünschte, entweder mein Vater oder meine Mutter, oder fürwahr alle beide, denn von Rechts wegen oblag die Pflicht ihnen beiden zu gleichen Teilen, hätten bedacht, was sie taten, als sie mich zeugten …* Häufiger erwähnt er seine Berufung zum Kapitän. Die geschieht meist im Hafen. Oft erst, nachdem der angehende

Kapitän, damals noch Schiffsjunge, einige Male ins Wasser gefallen war. Damals konnte er noch nicht schwimmen, *aber wer schwimmen kann, kommt nur langsamer um.* Weil es nicht leicht ist, Kapitän zu werden, gibt es dafür Schulen.

Mittlerweile habe ich auf vielen → Schiffen angeheuert. Und lernte Kapitäne kennen, die eine Enttäuschung waren: *Der eine soff, der andere ohrfeigte mich, der dritte ohrfeigte und ersäufte mich fast.* Manche fahren immer denselben → Kurs und sitzen ohne aufzublicken auf der Brücke. Und manche sitzen alleine in ihrem Arbeitszimmer. *Früher oder später kommt der Moment in ihrem Leben, in dem sie an ihrer Arbeit zweifeln. Es wäre vielleicht auch verwunderlich, wenn sie es nicht täten. Je länger einer lebt, desto aufdringlicher wird die Wirklichkeit und gleichzeitig um so uninteressanter, weil es soviel davon gibt. Muß dem nun wirklich noch etwas hinzugefügt werden?* Wie könne sie beweisen, fragte mich eine Kapitänin, dass sie ein *Fixstern* sei, *dessen das Dunkel durchdringende Licht den Irdischen erst nach Jahrzehnten aufgeht, wenn der Magen knurrt?* Immerhin müsse sie *Tag für Tag gegen dreihundertdreißigtausend Neuerscheinungen pro Jahr anschreiben.* So habe ich mir das nicht vorgestellt.

Auch ist der Kapitän selten so deutlich erkennbar wie in meiner Vorstellung als Kind. *Bitt' Euch, Kapitän, sprach ich, als ich hinab in die Kajüte stieg, holt einen auf solcher Überfahrt denn niemalen der* Tod *ein?* Doch spricht man ihn an, stammelt er Rätselhaftes. *Verständliche Antworten waren nicht gerade eine Spezialität* des Kapitäns, *der niemals eine Abkürzung einschlug, wenn es einen langen, gewundenen Umweg gab.*

Manchmal glaube ich ihm von Anfang an kein Wort. Vor allem, wenn er so beginnt: *Zugegeben! Überreizt, ganz furchtbar überreizt war ich damals und bin es noch; doch warum wollt Ihr behaupten, daß ich wahnsinnig sei? Die Krankheit hatte meine Sinne geschärft – nicht zerstört – nicht abgestumpft. So verfügte ich vor allem über ein messerscharfes Gehör. Ich hörte alle Dinge zwischen Himmel und Erde. Ich hörte vieles in der Hölle. Wie also kann ich wahnsinnig sein? Gebt gut acht und seht selbst, wie normal – wie gelassen ich Euch die ganze Geschichte zu erzählen vermag.* Mir gruselt trotzdem.

Wer ist er? Was tut er hier? Wann ist er angekommen, und wie lange wird er bleiben? Das ist meist schwer zu sagen. Manchmal wirkt er, als hätte er die Orientierung verloren. *Ja, dachte Kafka erleichtert, ich* werde *mich verirren. Zu meinem Bedauern werde ich einen Gang, der meinen Weg sehr verkürzen würde, zum ersten Mal versperrt finden. Mit der Ausschiffung der Passagiere könnte das zusammenhängen – über mir werde ich das Scharren tausender Menschenfüße hören. Ich aber werde meinen Weg über Treppen, die einander immer wieder folgen, durch fortwährend abbiegende Korridore und schließlich durch ein leeres Zimmer mit einem verlassenen Schreibtisch mühselig suchen.*

Möglicherweise ist er sogar blind. Beruhigend ist das nicht.
Wer weiß, wo wir ankommen: Er weiß es offensichtlich nicht.
Dann wieder tut er, als wäre er der Eigentümer des → Schiffes.
Dann wieder, als wäre er der Erbauer, der die → Passagiere stört:
Wie konntet Ihr, Madam, beim Lesen des letzten Kapitels nur so unaufmerksam sein?

Dann wieder spielt er selbst → Passagier. Tut so, als läge es nicht an ihm, den → Kurs zu halten. Dann wieder ist er gar nicht zu sehen, taucht auf der gesamten Fahrt kein einiges Mal auf. Dann wieder sieht er plötzlich aus wie ich. Oder wie das → Schiff, das er steuert. Oder wie das Meer, auf das er blickt.

Unlängst traf ich einen, der mir erzählte, der Kapitän wäre *selbst eingetreten in das menschenleere Bild, kollerte als unverwundbarer Kiesel die Halden hinab, strich als Kormoran über die Schaumkronen der Brandung oder hockte als triumphierendes Purpurmoos auf dem letzten, verschwindenden Mauerrest einer Stadt.*

Es gibt welche, die behaupten, er wäre tot – nur deshalb wären die → Passagiere am Leben und unterwegs. *Was liegt daran wer spricht …*

Literatur (*kursiv* gesetzt in folgender Reihenfolge):

Domenico Starnone: Das Rasiermesser.
Margit Schreiner: Haus, Friedens, Bruch.
Mark Twain: Meine geheime Autobiographie.
Joseph Conrad: Herz der Finsternis.
Franz Kafka: Der Prozeß.
Heinrich von Kleist: Michael Kohlhaas.
Joseph Conrad: Herz der Finsternis.
Miguel de Cervantes Saavedra: Der geistvolle Hidalgo Don Quijote von der Mancha.
Bettina Balàka: Auf offenem Meer.
Heike Geißler: Nichts, was tragisch wäre.
Walter Benjamin: Der Erzähler.
Flann O'Brien: Auf Schwimmen-zwei-Vögel.
Laurence Sterne: Leben und Ansichten von Tristram Shandy, Gentleman.
Felicitas Hoppe: Pigafetta.
Bettina Balàka: Auf offenem Meer.
Cees Nooteboom: Ein Lied von Schein und Sein.
Lydia Mischkulnig: Brief an den Circus.
Margit Schreiner: Haus, Friedens, Bruch.
Laurence Sterne: Leben und Ansichten von Tristram Shandy, Gentleman.
Salman Rushdie: Harun und das Meer der Geschichten.
Edgar Allan Poe: Das verräterische Herz.

Paul Auster: Reisen im Skriptorium.
Peter Henisch: Vom Wunsch, Indianer zu werden. Wie Franz Kafka Karl May traf und trotzdem nicht in Amerika landete.
Laurence Sterne: Leben und Ansichten von Tristram Shandy, Gentleman.
Christoph Ransmayr: Die letzte Welt.
Samuel Beckett: Texte um Nichts.

Karte

Karten können viel. Das weiß jeder König. Wer sich in eine Karte vertieft hat, dem bleibt wenig Zeit für eine Revolution. Karten können einen ganz schön lang beschäftigen. Auch lenkt es angenehm ab, wenn man eben noch Atlantis und feuerspeiende Drachen zu suchen hatte, Schätze auf versteckten → Inseln und die alten Routen der Ostindischen Kompanien ausmachen musste, und eine Armada ferner Reiche und gefährliche Untiefen zu orten verstand, darinnen der Leviathan schlummert. Dabei sind Karten keineswegs harmlos. Sie zeigen, wie der König die Welt sieht. Und falls der kein König mehr ist, weil er soeben durch ein Parlament ersetzt wurde, das nunmehr die Menschen repräsentiert, die in diesen Ländern leben, dann ist es doch wiederum eine Karte, nur halt die eines gewählten Königs, wie immer der nun heißt. *Die Demokratien stellen* ja bloß *den* König *unmittelbar in eigener Person und zwar vor Repräsentanten aus. Das Parlament ist sein Publikum!* Einen König gibt es immer, sonst gäb' es keine Karten und wozu sonst gäbe es Märchen. *Schließlich muß man einen Meister haben und in eine Hierarchie eingeordnet sein. Man muß geortet, festgesetzt, eingerückt sein.*

Schon der simpelste Ausweis und Smalltalk leisten ganze Arbeit und rücken den Befragten auf äußerst sanfte Weise in die Karte ein: Wo wohnen Sie? Was ist Ihr Beruf? Bei wem arbeiten Sie?

Mit den Machthabern wechseln die Karten. Karten bleiben sie. Mittlerweile ist dieses Repräsentieren in die Jahre gekommen wie das gesamte Kartenwerk, wie all die alten Atlanten, Stadtansichten und Seekarten, die vergilbt und eingerissen in den Bibliotheken und bei Sammlern schlummern. Übermalt wurden sie von der Patina der Zeit. Dabei tritt jede Karte an, um zu repräsentieren. Zum Beispiel den Umfang des Königreichs durch einen kolorierten Kupferstich für all jene, die die wirkliche Größe bislang noch nicht richtig zu würdigen und einzuschätzen wussten. Das machte schon was her, vor den Augen der Gäste dann nach schönem Fest mit Spiel und Tanz eine Karte des Herzogtums zu entrollen, das war eine Offenbarung. So groß das → Land! So hoch die Gewinne!

Die Welt, wie sie ist, das repräsentiert die Karte. Weniger nicht. So zumindest behauptet es der König. Die Welt, wie sie ist, nach Aussage des Königs, das ist die Karte. Die Karte ist eine Münze auf Papier. Die Karte ist die Brille für die Untertanen. Ihre Verheißung, so man ihr Glauben schenkt und Kredit gibt, ist Gold wert.

Eine Karte ist aber auch die Begrenzung der Welt. Darum ist es besser, sie gleich großformatig anzulegen und den Rand möglichst weit nach außen zu schieben. Große Bögen müssen her, weil die Karte dem Raum, den sie darstellt, doch ähnlich sein soll.
Doch wie groß auch immer sie ausfällt, sie begrenzt die Welt mehrfach. Einmal in dem, was eine Karte malt und schreibt und sagt und zeigt. Da sind eben immer nur diese Orte und eben nicht die anderen Orte gezeichnet oder die nur ganz klein und stets am Rand. Das Abgebildete ist eine Auswahl an Orten und Handlungen und diese sind zudem gut arrangiert. Eine Karte setzt ins rechte Licht. Desweitern ist da die Art und Weise, wie all das gemalt und geschrieben ist. Nicht nur, dass immer bloß Ausschnitte der Welt auf eine einzige Karte passen. Nebenbei gesagt entstanden aus dieser Kränkung die Atlanten und Romane. Begrenzt sind auch sie, weil all die Dinge und Orte und Menschen eben so und nicht anders dargestellt sind. Karten haben einen Fokus, einen Skopus, einen Augenblick. Sie sind ein Zeitfenster, durch das man die Welt anschaut im Diskurs der jeweiligen Zeit. Dieses wechselt nicht bloß zwischen den Epochen, etwa weil ein neues Wissen um die Welt aufblitzt, sondern auch innerhalb ein und derselben Epoche sind die Glaser tätig. Das Interesse wechselt wie der Wind, der an den Fensterläden rüttelt. Und auch die Methoden und Mittel werden

ganz verschieden eingesetzt, um der Effekte willen, die eine Karte hervorbringt.

Karten geben Orientierung nur dem, der vorab schon hinreichend orientiert worden ist. Sie zeigen die Welt im Rahmen, sie sind der Rahmen der Welt. Karten ordnen nämlich nach einer nicht miterzählten Ordnung. Diese ist in der Legende nicht angeführt und nur wenige sprechen darüber und die hinter vorgehaltener Hand. Denn der Arm des Königs hat viele Ohren. Karten sind Politik. Das verschweigen Karten. Sie zeigen den Kairos des Herrschers. Auch der unbedeutendste Herrscher platziert sich und sein Herzogtum in die mittige Mitte der Welt. Die Mitte seiner Welt ist die Mitte der Welt (→ Kompass). Und das lässt er in jedes Amtshaus seines Landes hängen und zeigt es dann den Reisenden und eingeladenen Staatsgästen. Auch der ungeschickteste Kartenmacher kann im Handumdrehen aus dem eigenen verschlafenen Nest den Nabel der Welt malen. Wer dabei staunt, erliegt dem Kairos, der charmant souffliert: Ist die Welt nicht schön. *Die Beste der Welten.*

Aber es ist eine geschaffene Welt. Karten bilden die richtige Welt ja gar nicht ab, sondern schaffen eine eigene Welt: eine andere, nicht unbedingt bessere, aber unbedingt mögliche Welt. Sie schaffen selber den Raum, den sie verheißen. Und sie sind dieser Raum aufgrund der Art und Weise, wie sie repräsentieren und nicht mehr aufgrund dessen, was sie repräsentieren. Das Abgebildete tritt daneben, das ist so etwa ab dem achtzehnten Jahrhundert der Fall, wusste – hier überschlagen sich die Stimmen – ein unverlässlicher → Kapitän.

Karten sind ambivalent. Es kommt auf den Gebrauch an, den man von ihnen macht. So bieten sie nicht bloß Möglichkeiten feil, sondern konstruieren auch jenes Wissen, das Macht ausübt, das Grenzen zurichtet und das Andere unterwirft. Karten verschieben die Welt zum einen und zum anderen, je nachdem, und insofern können sie auch subversiv sein.

Es gibt Karten, die wollen die Welt klären, sie den Geistern entreißen, den Launen der weiten Phantasie, den Griffen der Imagination, den Felsriffen vor Tortuga. Solcherart Karten ordnen auf gefalztem Karton. Auf einer zweidimensionalen Fläche bringen sie Gebirge und Meerestiefen unter. Im vorgeblichen Wissen der Koordinaten scheint eine Welt auf mit Maßen, mit Längen und Breiten, sekundengenau, Untiefen und Wege, meterweis.
Und es gibt jene Karten, die genau das Gegenteil wollen.
Da wären die in Umlauf gebrachten Lügenverzeichnisse, in den

Legenden von Platon und den Seinen kommentiert, absichtliche Fälschungen mit unterschlagenen Untiefen und wechselnden Maßstäben. Die hat man dem Feind zugespielt oder besser noch sich geschickt von ihm stehlen lassen. Schließlich gibt es Karten, die man druckte, weil sie Möglichkeitsräume bieten, die die Welt erträglich, angenehm und veränderbar machten: Karten mit unklaren Fährten, Geisterverzeichnisse, Tiefenräume, Mythen, die beim Durchspielen der Möglichkeiten die Wirklichkeit sehr ernst auseinanderfalten. Solang man den Legenden vertraut, solange man sich ihren Maßstäben ergibt und verschreibt, so lange ist die Karte eine Verheißung. Vieler Möglichkeiten.

Wer eine Karte in die Hand nimmt, beginnt eine Reise. Jede Karte ist ein Anfang: das Versprechen, mit Stab, Lineal, Zirkel und Seemannsbleistift die Welt aufzuteilen, immer von Neuem fünf Handvoll Buchstaben zu kombinieren. So kann jeder, indem er eine eigene Karte malt, die andere dem König entreißen. *Habe Muth dich deines eigenen Verstandes zu bedienen!* So kartographierte Kant seinen Horaz. Ein Spiel – und es erfanden welche wie Kinder → Inseln mitten ins Meer hinein, auf denen dieses Spiel noch heute nicht verpönt ist und nicht bös endet.

Literatur (*kursiv* gesetzt in folgender Reihenfolge):

Walter Benjamin: Das Kunstwerk im Zeitalter seiner technischen Reproduzierbarkeit.
Michel Foucault: Überwachen und Strafen. Die Geburt des Gefängnisses.
Voltaire: Candide oder der Optimismus.
Immanuel Kant: Beantwortung der Frage: Was ist Aufklärung?

Kompass

Der Kompass ist das Symbol der Technisierung des Windes und entstand längsseits der Kartographie jenes Gartens, den Ozean oder Meer zu nennen uns beigebracht wurde von ebenjener selben Instanz, die den Kompass lesen uns ließ. Also das ist doch kein Satz für ein Lexikon.

Häfen fand man auch in der Zeit vor dem Kompass.
Des Tags überließ man sich dem Wind und malte Rosen.
Des Nachts fixierte man den Nordstern.
Das Herz alter → Karten war ein gläubiges.
Jerusalem war die Mitte der Welt.
Dann wurde der Handel bunter, die Fischgründe wurden zahlreicher, die Schiffe größer, die Waffen ausgefeilter.
Der neue Hafen, das Ich, ersetzte die alte Mitte, das Fremde, das Andere. Der Kompass wurde zur Stadtmauer, zur Landesgrenze, zur neuen Identität. Er stabilisierte mit seiner Nordung den Norden und lehrte auch die niederen Ränge, was oben ist.

Mit einem Kompass liest man die Welt anders, man dreht die Karte und schaut: Da oben die, das sind wir. Der Kompass zeigt in die Landstriche der Herrschenden, also stets nach oben, als wäre der Erdmagnetismus bestochen. Nicht nur die Aventiuren auf feinem Pergament lassen viel Blut, sticht sie die Nadel der Hanse.

Die Kompassnadel zeigt stets nach Norden. Norden ist oben. Unbestechlich rechnet der → Kapitän jede Missweisung des → Kurses heraus. An windstillen Abenden aber denkt er: Wenn der Kompass im Süden erfunden worden wäre, nur mal angenommen, und wenn er in Massen produziert worden wäre, würde er dann nach Süden zeigen? Man bräuchte nur das andere Ende der Nadel färben und schon stände die Welt Kopf.

Krähennest

Wer im Krähennest steht, hat leicht krächzen. Hoch oben und ganz vorne, am ersten Mast weit über dem Hauptdeck hat er eine kilometerweite Sicht. Das Auge des Voyeurs fährt den Horizont entlang. Es sieht, was kommt. Er schlägt Alarm, ruft: → Land in Sicht. Er schaut die Zukunft, nicht die weite, sondern die nahe im Umkreis von gut fünf Seemeilen. Das aber heißt noch lange nicht, der im Krähennest sähe alles, was auf ihn zukommt.
Das wird ihm nur gemeinhin unterstellt. Was sich vor den eigenen Füßen abspielt, sieht er nicht oder nur mit List.
Als Ikarus dort oben über diesen Wassern kann er die Listen des Daedalus in jenen beweglichen und endlosen Labyrinthen auf dem Hauptdeck *vergessen.* Das ist der *Überschwang eines skopischen und gnostischen Triebes. Ausschließlich dieser Blickpunkt zu sein, das ist die Fiktion des Wissens. Muß man danach wieder in den finsteren Raum* des → Schiffes *zurückfallen …* und schmerzlich wird man lernen müssen: Daedalus vergisst man nicht ungestraft. Auch darum will niemand auf dem Schiff den Ikarus geben. Niemand weiß im Voraus, in welche verstrickten, frisch ausgeheckten Labyrinthe sich

man zurückfinden wird müssen. Das Krähennest ist selten ein frei gewählter Ort.

Die gewöhnliche → Besatzung lebt hingegen *„unten" (down), jenseits der Schwellen, wo die Sichtbarkeit aufhört. Die Elementarform dieser Erfahrung bilden die Fußgänger …* Sie wissen um das Labyrinth, *spielen mit unsichtbaren Räumen, in denen sie sich … blind auskennen.* Zukunftsforscher werden hier selten überschätzt. Man weiß nur zu gut um den Willen, die Welt zu sehen und sie zu überblicken. Man hat die → Karte, eine jede ein *optisches Artefakt*, durchaus studiert. Die in Wellen wiederkehrende Frage, warum die Gesellschaft so wenige Geister ins Krähennest schicke, verleitet sie, die *„unten" (down), jenseits der Schwellen, wo die Sichtbarkeit aufhört,* leben, nicht zum Kauf von Utopien.

Jene Matrosen, die auf den Fuß des Mastes zeigen, sind selten geworden.

Literatur (*kursiv* gesetzt):

Michel de Certeau: Kunst des Handelns.

Kurs

Gerade Strecken – wie demütigend sie sind. Wie sie den Geist abtöten. Was für eine perfide Geometrie, die uns zu Idioten macht – hin und her, die Parodie einer Reise. Aufbrechen, um gleich darauf zurückzukehren. Beschleunigen, um sofort abzubremsen. Gerade Geschichten – wie demütigend sie sind. Wie sie den Geist abtöten. Was für eine perfide Geometrie, die uns zu Idioten macht: Bekannte Strategien, bewährte Rollenaufteilung, erwartbare Handlung und voraussehbarer Ausgang: die Parodie einer guten Geschichte.

Lesen Sie Geschichten, die ihre → Passagiere wie Fährschiffe immer dieselbe Strecke transportieren, Geschichten, die Ihnen Sicherheit geben, dort anzukommen, wo Sie es erwarten? Oder lesen Sie Geschichten, mit denen Sie sich auf dem offenen Meer verlieren, unbekannte → Inseln finden – oder Schiffbruch erleiden?

Gerade Strecken – eine Demütigung? Erzählen ist doch immer eine gerade Strecke, wie sollte man anders erzählen, als ein Wort an das andere zu knüpfen, einen Satz an den anderen, eine Szene an die vorangegangene. Es war einmal, beginnt das Märchen und greift tief in den Brunnen der Vergangenheit, und dann kam dies, und dann kam das. Es war einmal ein *Agathon, der sich in einem unwegsamen Walde verirret hatte, von der vergeblichen Bemühung einen Ausgang zu finden abgemattet, an dem Fuß eines Berges anlangte, welchen er noch zu ersteigen wünschte, in Hoffnung von dem Gipfel desselben irgend einen bewohnten Ort zu entdecken, wo er die Nacht zubringen könnte.* Ein Agathon, der von seinem Autor *auf verschiedene Proben gestellt werden sollte, durch welche seine Denkensart und seine Tugend erläutert,* und der am Ende so glücklich ist, *als es vielleicht noch kein Sterblicher gewesen ist.* Das Ziel ist erreicht, die Leser haben mit dem Helden alle Krisen durchschritten und sind, so hofft der Erzähler, nun *weiser oder besser.*

So erzählt Literatur das Leben. So baut Erzählen Ordnung. Ordnung ist Sicherheit, Ordnung ist Identität. Wir erzählen, wer wir geworden sind, als Einzelne wie als Gemeinschaft. Wir erzählen, wer wir sind. *Abends kommen sie in diesen Hostels an, und beim Essen stellen sie einander Die Drei Reisefragen. Woher bist du? Woher kommst du gerade? Wohin fährst du? Die erste Frage stellt die senkrechte Achse dar, die nächsten beiden die waagrechte. Mit Hilfe dieser Konfiguration können sie eine Art Koordinatensystem erstellen, und wenn es ihnen gelungen ist, einander auf dieser Karte zu platzieren, können sie ruhig schlafen.*

Andere würden anders und anderes über uns erzählen. Auch ihre Geschichte wäre wahr. Aber denken wir nun nicht daran, das wäre zu kompliziert. Denn Erzählen baut Ordnung, und Ordnung hilft, sich zurechtzufinden, Orte wiederzuerkennen. Hier setzt die Fähre über, gleich bin ich am anderen Ufer. Was aber, wenn der Fährmann eines Tages anders führe und plötzlich Kurs nähme aufs offene Meer? *Nicht jeder merkte, was los war. Manche waren so an die Routine der geraden Strecke gewöhnt, dass sie abgestumpft und gleichgültig auf den sich entfernenden Küstenstreifen blickten, was mit Sicherheit Eryks alkoholisierte Theorien bekräftigte, dass das Reisen auf Fähren die Gehirnwindungen geradebiegt. Andere merkten nach kurzer Zeit, was geschah.*

Die Bibliotheken sind voll mit Geschichten über Figuren, die plötzlich ausbrechen und die vorgesehenen Bahnen verlassen. Von ihren Abenteuern liest man gerne zu Hause, man wähnt sich dabei in Sicherheit. Doch aufgepasst: Auch die Autoren biegen ab. Philip Roth lässt Figuren, die der Leser tot glaubt, plötzlich wieder leben, und Figuren, die er lebendig glaubt, tot sein. Peter Bichsel

schreibt der Geschichte über Cherubin Hammer einen anderen Cherubin Hammer in die Fußnoten (→ Schmugglerware).
J. M. Coetzee platziert im oberen Teil einer jeden Buchseite Essays eines Schriftstellers, im Mittelteil erzählt er von den Begegnungen dieses Schriftstellers mit Anya. Anyas Kommentare über den Schriftsteller und ihre Gespräche mit ihrem Freund kann man ganz unten lesen. Der Leser hat auf jeder Seite neu die Wahl, wie er dieses *Meer der Geschichten* befahren will.

Andreas Okopenko stellt seinem Lexikon-Roman eine Gebrauchsanweisung voran, *denn es wäre hübsch, wenn Sie sich aus ihm einen Roman basteln wollten. Die sentimentale Reise zum Exporteurtreffen in Druden muß erst vollzogen werden. Das Material liegt bereit, wie die Donau und die Anhäufung von Pflanzen, Steinen und Menschen an ihren Ufern für viele Reisen und Nebenausflüge nach Wahl bereitliegen. Das Material ist alphabetisch geordnet, damit Sie es mühelos auffinden. Wie in einem Lexikon. Aus dem Lexikon sind Ihnen auch die Hinweispfeile bekannt (→), die Ihnen raten sollen, wie Sie am besten weitergehen, wie Sie sich zusätzlich informieren oder wie Sie vom Hundertsten ins Tausendste gelangen können. Wie im Lexikon haben Sie die Freiheit, jeden Hinweispfeil zu beherzigen oder zu übergehen.*

Julio Cortázar schreibt seinen Roman als Hüpf-Spiel mit vielen kleinen Feldern. *Auf seine Weise ist dieses Buch viele Bücher, aber es ist vor allem zwei Bücher.* Man kann es sowohl als auch lesen: sowohl *in der üblichen Weise* linear als auch hüpfend. *Das erste Buch läßt sich in der üblichen Weise lesen. Es endet mit dem Kapitel 56, unter dem sich drei auffällige Sternchen befinden, die gleichbedeutend sind mit dem Wort* Ende. *Folglich kann der Leser ohne Gewissensbisse auf das verzichten, was folgt. Das zweite Buch läßt sich so lesen, daß man mit dem Kapitel 73 anfängt und dann in der Reihenfolge weitermacht, die am Fuß eines jeden Kapitels angegeben wird. Falls man dabei durcheinanderkommt und etwas vergißt, genügt es, das folgende Verzeichnis zu befragen:*
73–1–2–116–3–84–4–71–5–81–74–6–7–8–93–68–9–104–10–65 …

Dies alles sind literarische Versuche, die gerade Strecke des Erzählens zu verlassen. Dabei ist Erzählen doch immer eine gerade Strecke, wie sollte man anders erzählen, als ein Wort an das andere zu knüpfen, einen Satz an den anderen, eine Szene an die vorangegangene. Schreiben und Lesen brauchen die gerade Strecke: hierzulande die Zeile von links nach rechts, die Seite von oben nach unten, das Buch von vorne nach hinten.

Und trotzdem durchbricht die Literatur die Linearität.
Kein vertraut-verhasster Schulaufsatzaufbau, mit Einleitung Hauptteil Schluss. Viele Anfänge Mitten Enden. Lauter Gegensätze lauter Gegenleben. Statt Demütigung Herausforderung. Texte, die lavieren. Literatur, die erzählt, dass jedes Leben Konstruktion ist, denn es gibt kein nicht-erzähltes Leben. Literatur, die zeigt, dass das Leben nicht linear verläuft, keinem festgelegten → Kurs folgt, keiner abgesteckten Route. Literatur, die die Konstruiertheit des Lebens zeigt, indem sie mit traditionellen Erzählkonstruktionen bricht.
Die Erde ist rund, legen wir uns nicht auf eine Richtung fest!

Literatur (*kursiv* gesetzt in folgender Reihenfolge):

Olga Tokarczuk: Unrast.
Christoph Martin Wieland: Geschichte des Agathon.
Olga Tokarczuk: Unrast.
Olga Tokarczuk: Unrast.
(Erwähnt: Philip Roth: Gegenleben.)
(Erwähnt: Peter Bichsel: Cherubin Hammer und Cherubin Hammer.)
(Erwähnt: J. M. Coetzee: Tagebuch eines schlimmen Jahres.)
Salman Rushdie: Harun und das Meer der Geschichten.
Andreas Okopenko: Lexikon einer sentimentalen Reise zum Exporteurtreffen in Druden.
Julio Cortázar: Rayuela.
Olga Tokarczuk: Unrast.

Land

Immer ist Land in Sicht, so klein und fensterlos kann die Kajüte gar nicht sein, in der man zu Hause sitzt und träumt. *Länder werden wir entdecken.* Da sitzt ein Junge, vielleicht heißt er Józef Teodor Nałęcz Konrad Korzeniowski, vor der ausgebreiteten → Karte und tippt mit dem Finger ins Herz von Afrika: Da will ich hin. Da hört ein Mädchen von jener → Insel, die keinen Namen hat, sondern eine Nummer, und ist *die einzige, die wirklich hinfahren* möchte. Da hat ein anderer *eine Manie für Landkarten entwickelt* und reist verkleidet nach Timbuktu. Da denkt sich einer den Nordpol *mit Weiden geschmückt und von Rhenthieren belebt* und schifft mit seiner → Besatzung erwartungsvoll gen Norden. Da träumen Nationen von Macht und Gold und hissen die Segel. Da bricht einer auf ans Schwarze Meer, um das angeblich verbrannte Buch eines Verbannten zu finden.

Marlow wird wie Joseph Conrad ins Herz der eigenen Seele und der Finsternis blicken und sich davon nicht so rasch erholen; *auch die Stadt Temboctou hätte man sich, nicht nur in der breiten Öffentlichkeit, sondern auch in der geographischen Fachwelt, die weder goldgepflasterte Straßen wie spiegelnde Flüsse, noch kristallene Pfeiler und Mauern und glockenklingende Pagoden erwartet hat, eindrucksvoller vorgestellt, zumindest hätte man hunderttausend Einwohner vermutet, nicht die knapp zehntausend, von denen Caillié berichtet.* Cotta wird kein Buch finden, sondern eine Landschaft, denn Ovid habe jede *Geschichte bis an ihr Ende* erzählt und sei dann *selbst eingetreten in das menschenleere Bild.* Das Mädchen wird irgendwann am Strand stehen und merken, *daß die Insel nicht aufhört, sie verläuft sich allmählich …* Kolumbus *betritt im Verlauf seiner Reisen die Inseln der Karibik und glaubt sich auf den Japanischen Inseln, betritt die Küsten Mittel- und Südamerikas und glaubt sich in Indien, entdeckt das Mündungsgebiet des Orinoco und glaubt sich am Gangesdelta und stirbt schließlich 1506 in Valladolid, ohne seine Irrtümer erkannt zu haben.* Julius Peyer wird statt der Rhenthiere das Nichts finden und schreiben, *daß es kein Land sei, kein zu eroberndes Reich, nichts als Linien, die sich in einem Punkte schneiden, und wovon nichts in der Wirklichkeit zu sehen sei!*

Da stehen sie nun, die Entdecker des Landes und staunen – vielleicht schlagen/schreiben sie aber auch gleich drauf los. *Der Raum ist ein Zweifel: ich muß ihn unaufhörlich abstecken, ihn bezeichnen; er gehört niemals mir, er wird mir nie gegeben, ich muß ihn erobern.*

Mit Gewalt, denn die *Geographie ist eine Kriegswissenschaft.* Mit Namen, denn wer tauft, schafft an. Mit Geschichten, denn das Publikum zu Hause wünscht Storys à la *wo das Gold wächst wie anderswo die Karotten.* Denn: *pardon, ein paar frische Felsen werde der böhmische Infanterist, der sich nun mit allerhöchster Erlaubnis* Ritter *nennen dürfe, doch wohl gefunden haben.* Mit Sprache, denn mit der Sprache der Eroberer wird das Blatt – nein, es war nicht leer – nun neu beschrieben.

Da sitzen sie nun, die Schreiberlinge, wenn sie denn noch leben, nach ihren Reisen durch Länder, durch Bücher. Sie dachten, man könnte hinreisen, erobern, entziffern, aufzeichnen. Jahrhundertelang haben sie so getan. Sind gereist und haben gelesen und geschrieben, *als könnte man getrost den Verrat begehen, die Erinnerung erfinden, in einer neuen, dichten Atmosphäre, in einem Leuchten: es ist hier, in diesem Raum, in der Übersetzung: als wäre alles wieder vorhanden, jedes Gesicht, jedes Haus, jede Bewegung, jeder gesprochene, verschwiegene oder mißverstandene Satz, jeder Stein und jeder Schmerz.* Nun aber entgleitet ihnen im Schreiben das nie gefundene Land, das Land ein Traum, das Schreiben ein Traum, das Land ein Schreiben, das Schreiben ein Schreiben, entsteht ihnen im Schreiben *eines falschen Landes* das nie gefundene Land. *Länder werden wir entdecken.*

Da sitzen sie nun, die Schreiberlinge, inmitten ihrer *papierenen Meere,* Chronisten, denen *der Trost des Endes fehlt,* und schreiben und schreiben und wissen und schreiben: Jedes Land, das sie finden, das sie erfinden, wird immer das falsche Land gewesen sein.
Amerika gibt es nicht.

Literatur (*kursiv* gesetzt in folgender Reihenfolge):

Christoph Ransmayr: Die Schrecken des Eises und der Finsternis.
Annette Pehnt: Insel 34.
Thomas Stangl: Der einzige Ort.
Christoph Ransmayr: Die Schrecken des Eises und der Finsternis.
Thomas Stangl: Der einzige Ort.
Christoph Ransmayr: Die letzte Welt.
Christoph Ransmayr: Die letzte Welt.
Annette Pehnt: Insel 34.
Christoph Ransmayr: Die Schrecken des Eises und der Finsternis.
Christoph Ransmayr: Die Schrecken des Eises und der Finsternis.
George Perec: Träume von Räumen.
Thomas Stangl: Der einzige Ort.
Thomas Stangl: Der einzige Ort.
Christoph Ransmayr: Die Schrecken des Eises und der Finsternis.
Thomas Stangl: Der einzige Ort.
Jorge Luis Borges: Tlön, Uqbar, Orbis Tertius.
Christoph Ransmayr: Die Schrecken des Eises und der Finsternis.
Christoph Ransmayr: Die Schrecken des Eises und der Finsternis.
Christoph Ransmayr: Die Schrecken des Eises und der Finsternis.
Peter Bichsel: Amerika gibt es nicht.

Meutern

Wer niemals offen oder im Geheimen bitterliche Tränen vergossen hat, weil eine wunderbare Geschichte zu Ende ging und man Abschied nehmen musste von den Gestalten, mit denen man gemeinsam so viele Abenteuer erlebt hatte, die man liebte und bewunderte, um die man gebangt und für die man gehofft hatte und ohne deren Gesellschaft einem das Leben leer und sinnlos schien –

Wer nichts von alledem aus eigener Erfahrung kennt, nun, der wird wahrscheinlich nicht begreifen können, was es bedeutet, wenn die Matrosen, mit denen man derart mitgelebt hat, die man miterschaffen hat, plötzlich verschwinden.
Auf den Blättern, kein Ikarus; dazwischen, auch nicht.
Er sucht unter den Möbeln, er öffnet die Wandschränke, er sieht auf der Toilette nach: nichts von Ikarus.

Bis das passiert, hielten freilich → Kapitäne, Demiurgen und Göttern gleich, allwissend und allmächtig ihre Besatzungsmitglieder in Schach und erlaubten allen, die mit ihrem → Schiff unterwegs waren, zu glauben, sie wären aus Fleisch und Blut, selbst wenn sie sie von anderen → Schiffen, aus anderen Texten geklaut hatten. → Kapitäne und → Passagiere wähnten sich auf sicherem – spannendem oder auch schmerzhaftem – → Kurs, doch plötzlich hieß es: Aufstand der → Besatzung!

Auf einmal verschwinden Matrosen oder verkünden, sie wären nie Besitz des → Kapitäns gewesen, schon gar nicht seine Erfindung; auf einmal weigern sie sich, die für sie vorgesehenen Rollen zu spielen und schreiben dem → Kapitän selbst eine Rolle als Matrose auf dem eigenen → Schiff. Und sie zwingen die → Passagiere, sich auf das Spiel einzulassen, in dem sie längst mitwirken, ohne es zu wissen.

Wie Hubert Luberts Romanfigur Ikarus verschwindet, aus Überdruss an dem ihm zugedachten Text, so kommt es auch anderswo zum Aufstand. Die Figuren beweisen dabei durchaus Sinn für literarische Qualität. *Ich bereite ihn auf ein melancholisches Dasein vor, das ihm nicht mißfallen kann, da er nichts anderes kennt. Ich möchte, daß er den Mondschein liebt, die Pomponrosen, Sehnsucht nach allem Exotischen hat, nach Liebesschmachten im Frühling, nach Fin-de-siècle-Neurosen, alles Dinge, die ich persönlich verabscheue, die sich aber heutzutage in einem Roman gut machen.*

Hubert Luberts Figuren protestieren gegen die Trivialität der Rollen, die ihnen zugedacht sind. Andernorts kommt es zum Konflikt (den der → Kapitän gewinnt, weil er seinen Helden eines rätselhaften Todes sterben lässt), weil eine Figur Don Quijote und Sancho Pansa für realer hält als Cervantes. Doyle hätte dieser Romanfigur wohl recht gegeben, er versuchte zeitlebens Sherlock Holmes zu beseitigen, vergeblich. Die Leser waren stärker.

Die Alleinherrschaft der → Kapitäne ist vorbei, erzählen die → Kapitäne, auch persönlichen Besitz von literarischen Figuren gibt es nicht. *Die Figuren der einzelnen Bücher sollten austauschbar sein. Der gesamte Bestand der vorhandenen Literatur sei als Limbus anzusehen, dem scharfsinnige Autoren ihre Figuren je nach Bedarf entnehmen könnten, so daß sie nur dann selber eine zu erfinden brauchten, wenn es ihnen nicht gelinge, unter den vorhandenen Marionetten eine geeignete ausfindig zu machen.* Und so wandern die → Besatzungen von einem → Schiff zum anderen. Manchmal ist das Intertextualität, manchmal auch Plagiat.

Es sei undemokratisch, Romanfiguren zu zwingen, eindeutig gut und böse, arm oder reich zu sein. Jeder von ihnen sollte ein Privatleben, Selbstbestimmung und ein anständiger Lebensstandard gewährt werden.

Dies würde Selbstachtung, Zufriedenheit und bessere Diensterfüllung gewährleisten. Das könnte die Gewerkschaft der Romanfiguren verlautbart haben, mit Flann O'Brien als Vorsitzendem.

Die absolute Herrschaft des → Kapitäns ist beendet, die → Besatzung begehrt auf, ein Appell auch an die → Passagiere, nicht alles für bare Münze zu nehmen, was von der Kommandobrücke her erschallt, und sich den Matrosen gleich nicht jeden Stumpfsinn gefallen zu lassen. Sich stattdessen am unterhaltsamen intellektuellen Spiel zu beteiligen. *Das Buch siedet vor Verschwörung, und es haben mindestens zwei geflüsterte Konsultationen sämtlicher Figuren stattgefunden, zwei Figuren eingeschlossen, die noch nicht einmal offiziell erschaffen sind.*

Ein Dubliner Student, der die meiste Zeit in seinem Schlafzimmer verbringt, versucht sich an einem Roman über Mr. Trellis, einen irischen Westernautor. Dessen Figuren subvertieren die Absichten des Autors, indem sie die von ihm vorgeschriebenen Handlungen nur simulieren, und – während der Autor schläft – ihrerseits beginnen, eine Geschichte über ihn zu schreiben, *als wahrhaft angemessene Strafe für die Behandlung, die dieser anderen hat angedeihen lassen.* In der Gerichtsverhandlung findet sich der Autor seinen eigenen Figuren als Richter und Geschworenen gegenüber.

Eine Romanfigur, die ihren Schöpfer sitzen läßt und den ihr zugedachten Henkersstrick mit einem Heiligenschein vertauscht, ist etwas Neues. Es ist jedoch nur ein Faktor in meiner drohenden Auflösung, schreibt ein Autor. *Die Polizei kann ich nicht rufen, denn wir Autoren haben unseren närrischen Stolz.* Der *Autor müßte das Zeitliche segnen, nachdem er geschrieben hat. Damit er die Eigenbewegung des Textes nicht stört.* Und *die Geburt des Lesers* ermöglicht.

Literatur (*kursiv* gesetzt in folgender Reihenfolge):

Michael Ende: Die unendliche Geschichte.
Raymond Queneau: Der Flug des Ikarus.
Raymond Queneau: Der Flug des Ikarus.
Flann O'Brien: Auf Schwimmen-zwei-Vögel.
Flann O'Brien: Auf Schwimmen-zwei-Vögel.
Flann O'Brien: Auf Schwimmen-zwei-Vögel.
Flann O'Brien: Auf Schwimmen-zwei-Vögel.
Flann O'Brien: Auf Schwimmen-zwei-Vögel.
Flann O'Brien: Auf Schwimmen-zwei-Vögel.
Umberto Eco: Nachschrift zum „Namen der Rose".
Roland Barthes: Der Tod des Autors.

Passagier

Ohne Sie fährt kein → Schiff.

Erst mit Ihnen kommt Bewegung.

Manche von Ihnen springen an → Bord, als wäre das → Schiff ein Swimmingpool. Sie sehnen sich so sehr nach einer *Geschichte, die niemals zu Ende ging!* Nach dem *Buch aller Bücher!* Sie bleiben lange unter Wasser. Sie flüchten, *ab in den Wilden Westen;* sie treiben, *quer durchs wilde Kurdistan; nach immer gleichem Muster.* Sie lassen die *Umwelt im ungewissen verschwimmen.*

Manche von Ihnen reißt plötzlich die Stimme des → Kapitäns aus den Träumen. *Ich wünsche mir,* dröhnt sie, *der Leser möchte nicht an mancher sinnreichen und zierlichen Stelle wie der vorübergesegelt sein, bei welcher die Leserin ertappt wurde. Ich wünsche mir, dies möchte nicht ohne seine Wirkung bleiben; – und daß alle braven Leute, Männlein wie Weiblein, aus dem Beispiel der Dame lernen mögen, beim Lesen auch zu denken.* Vielleicht ärgern Sie sich, vielleicht lesen

Sie zwei Seiten lang langsamer, vielleicht fragen Sie sich, wieso der → Kapitän wusste, dass Sie ...

Manche von Ihnen haben wenig Geduld, vor allem mit Geschichten mit vielen Umwegen. Sie interessiert der Plot, sie werden *diesen Druck-Bogen verlassen, um auf dem letzten nachzusehn, wie die Sachen ablaufen; es sind dies die Kehraus-Leser, die Valetschmauser, die Jüngstentag-Wähler, welche an Geschichten wie an Fröschen, nur den Hinterteil verspeisen ...*

Manche von Ihnen suchen sogleich den Laderaum auf.
Dort sortieren sie die → Fracht und sichten, was sie für Fakten halten. *Ihr zahmen Täubchen, ihr Turteltäubchen, all ihr Vöglein unter dem Himmel, kommt und helft mir lesen,* die glaubwürdigen ins Töpfchen, die unglaubwürdigen ins Kröpfchen. Dass der → Kapitän über Deck geht, hören Sie nicht, auch nicht sein Lachen. Er lacht, denn er hat das Märchen erfunden, in dem Sie sitzen.

Manche von Ihnen vertreten sich die Beine und treffen auf andere Passagiere. Sie kommen ins Plaudern, und das → Schiff, mit dem sie meinten, unterwegs zu sein, sieht völlig anders aus als das → Schiff der anderen. Und sie merken, der → Kapitän hat *jedem seiner*

Zuhörer ein anderes Fenster in das Reich seiner Vorstellungen geöffnet, jedem nur die Geschichten erzählt, die er hören wollte oder zu hören imstande war …

Ohne Sie fährt kein → Schiff.

Erst mit Ihnen kommt Bewegung.

Sie stehen am Steuer, manchmal merken Sie es und erschrecken: Kein → Kapitän in Sicht, verschwunden auch die → Karte. Dann finden Sie vielleicht den Brief des → Kapitäns, an Sie gerichtet. Einfacher macht er die Sache nicht: *Erleichtert, erniedrigt, entsetzt begriff er, daß auch er nur ein Scheinbild war, daß ein anderer ihn träumte.*

Literatur (*kursiv* gesetzt in folgender Reihenfolge):

Michael Ende: Die unendliche Geschichte.
Michael Ende: Die unendliche Geschichte.
Reto Hänny: Flug.
Reto Hänny: Flug.
Italo Calvino: Wenn ein Reisender in einer Winternacht.
Laurence Sterne: Leben und Ansichten von Tristram Shandy, Gentleman.
Jean Paul: Dr. Katzenbergers Badereise.
Brüder Grimm: Kinder- und Hausmärchen, hier: Aschenputtel.
Christoph Ransmayr: Die letzte Welt.
Jorge Luis Borges: Die kreisförmigen Ruinen.

Positionslichter

Eine Biographie zu schreiben ist für jemanden, der Romancier und Theaterautor ist, eine gefährliche Sache, schreibt Max Aub 1958 im Vorwort seiner Biographie über Jusep Torres Campalans, denn die *Person ist vorgegeben, und im Hinblick auf die Zeit kann er sich keine Freiheiten erlauben.*

Was für ein Einstieg in ein Werk, das mit dieser Biographie der Welt einen Künstler erfand. Aubs Buch begeisterte die mexikanische Presse, Schriftsteller und Künstler. Mit seinem Buch wurde Torres Campalans, ein Zeitgenosse Pablo Picassos und Kubist wie er, der Gesellschaft wieder in Erinnerung gebracht. 1960 erschien das Werk in Paris und bald wurde es weltbekannt. Eine ganze Generation von Kollegen meinten Torres Campalans zu erkennen und zu kennen.

Mit dem Wissen jedoch, dass es Torres Campalans überhaupt nicht gab, liest sich der Eingangssatz – *die Person ist vorgegeben, keine Freiheiten erlauben* – von Aubs Vorwort völlig anders, nämlich als ein augenzwinkerndes Wegziehen alles vorgeblich Vorgegebenen.

Denn jede Freiheit hat Max Aub sich genommen. Auch wenn seine Biographie allen Formkriterien einer sorgfältig recherchierten Biographie entspricht: denn da finden sich Quellenangaben und Fußnoten (→ Schmugglerware), Notwendige Vorbemerkungen, eine Liste der Danksagungen, Informationen über die Epoche, ein ausführlicher dokumentarischer Anhang mit Zeitungsartikeln und Lexikonausschnitten, die Zitierung eines Ausstellungskatalogs mit der Abbildung von Bildern und Zeichnungen des erfundenen Künstlers. Zudem wird das Notizbuch des Künstlers kommentiert, wie man das von redlichen Editionen gewohnt ist, zudem wurden Gespräche mit dem Künstler selbst geführt – alles Hinweise auf eine seriös recherchierte Biographie.

Alles Lüge. Täuschung ist sie dennoch keine. *lügen, nicht betrügen; so tun, als ob, nicht fälschen, tarnen (was sonst?), nicht falsifizieren, erfinden, nicht plagiieren; vorspiegeln, wenn man will, aber nur vorspiegeln, nicht beschwindeln, faszinieren, nicht täuschen, und wenn nötig, uns über uns selber lustig machen.* Denn in diese auf den ersten Blick den formalen Kriterien entsprechende Biographie sind zahlreiche Hinweise eingeschrieben, kleine Positionslichter, die es bloß aufmerksam zu lesen gilt: fiktive Personen und falsche Daten werden da genannt, aber auch die Poetologie von Jusep Torres Campalans selbst ist aufschlussreich: *In Wahrheit sind wir nichts weiter als Bilder, Ähnlichkeit, Spiegelung, Verstellung, Trugbild, Kopie, Echo, Erfindung, Bildnis, Kunst, Falschheit.*

Weiß man erst um die Erfindung des Künstlers, wird die erneute Lektüre seines Vorworts zur großen Entdeckung. Dann funkelt und sprüht sie vor Verweisen und Warnschildern. *Wer von denen,* schreibt Max Aub hinterlistig, *die ihn gekannt haben, wird ihn wiedererkennen? Werden die anderen, das heißt alle, ihn sich so vorstellen, wie er gewesen ist?* Da ist er doch eingebaut, der Verweis, dass es Campalans bisher nicht gab. Der Satz wurde geflissentlich überlesen von jenen Schriftstellerkollegen und Künstlern, die nach Erscheinen des Buches erzählten, sie hätten den kubistischen Künstler persönlich gekannt oder seine Ausstellungen besucht.

Auch diese Wirkung hat Max Aub vorweggenommen in seinem Vorwort: *In Paris sprach ich mit einigen schon hochbetagten Leuten, die ihn gekannt hatten, und obwohl sie mir in aller Ausführlichkeit erzählten, was sie wußten, war es doch wenig: „Ach ja, Campalans" … Sie verwechselten ihn mit Casas, mit Nonell, mit allen möglichen anderen Katalanen aus jener Zeit, von denen es auf dem Montmartre nicht wenige gab.*

Im Vorwort – *Unsicher spiele ich mit verdeckten Karten* – wird gar nicht verdeckt gespielt, ist alles zu lesen. Die Vorausenthüllung gipfelt mit dem Verweis auf Don Quijote. *Wer Vorworte liebt – und es gibt Leute, die darin das entdecken möchten, was das Buch nie ganz verbirgt, wenn es überhaupt etwas sagt –, sei auf das beste verwiesen, das es gibt: das zum* Quijote.

Max Aubs Roman löste, indem er ihr Torres Campalans schenkte, in der Kunstwelt heftige Debatten aus – und das war wohl beabsichtigt, auch das kann man im Vorwort lesen: *Heutzutage werden genauso viele Lebensbeschreibungen von Farbklecksern gelesen wie zur Zeit des Cervantes Ritterromane, weil die Leute dem Ruhm vertrauen, den die hohen Notierungen an der Pariser und New Yorker Börse verheißen, die doch nur von den Agenten jener „Kunstfiguren" geschickt manipuliert werden.*

Hätten sie bloß das Vorwort gelesen.

Literatur (*kursiv* gesetzt):

Max Aub: Jusep Torres Campalans.

Proviant

Der Proviant ist ein Mundvorrat an Speisen.

Um Wegzehrung kommt man auf einer Seereise nicht herum. Für die Reise braucht man die richtige Mischung. Das Richtige entscheidet sich allerdings erst, wenn man den Hafen mit seinen vollen Speichern verlassen hat und auf hoher See ist. Was als Proviant taugt, wird sich dann bewähren müssen. Richtigkeit ist nie endgültig. Aufgrund der bisherigen Erfahrungen verstaut man darum eine ausgewogene Mischung frischer und haltbarer Waren: vitaminreiches Obst, ballaststoffreiches Gemüse, zartes Filet, dazu die üblichen Getränke, Limonaden, Biere, Weine und Spirituosen. Und es bedarf haltbarer Konserven, die nicht gleich bei jedem Gewitter kippen. Man kann nicht im Voraus wissen, in welche → Wetter man geraten wird. Am Proviant scheiden sich zudem die Geschmäcker. Rohes Sauerkraut gegen Skorbut ist nicht jedermanns Vorliebe, weiß der Proviantmeister.

Der Proviant ist ein ausgewählter Mundvorrat an Speisen.

Diese Auswahl, gut verstaut und festgeschnürt, funktioniert nach Regeln. Sagt man. Doch mit Regeln ist es wie mit Geschmäckern. Und die sind trotz Globalisierung verschieden. *Was zumindest das Essen angeht, wird es keine Vereinheitlichung der Kultur geben. Zum Mechanismus des Geschmackssinns, ja des Genusses gehört die Erzeugung von Differenzen. Das Einerlei würde das Ende des Genusses bedeuten.* Zudem ist das Schiff ein Ort, der ent-ortet. Das spürt man als erstes an der Küche. In die eigenen Speisen hebt sie die Speisen anderer Orte und schafft so etwas Neues: ein hybrides Büffet.

Der Proviant ist ein ausgewählter Mundvorrat an Speisen und kühl zu lagern.

Der → Passagier bemerkte das Türschild mit der Aufschrift „Schrift ahoi" und wunderte sich. Der Proviantmeister öffnete den Kühlraum. Da stand er nun: Der Proviant.

Kraut und Rüben. Bücher von Jules Verne neben denen von Jean Paul. Klassiker der Weltliteratur neben vergessenen Werken. Wenig Goethe, kein Thomas Mann weit und breit. Was für eine

Ordnung das sei, fragte der → Passagier. Das ordne sich beim Essen, meinte der Proviantmeister. Er unterschätze die → Passagiere nicht, sie griffen sich vom Büffet schon von alleine das Ihre heraus. Was für eine Frage das sei, die nach der Ordnung. Klare Epochen, abgrenzbare Gattungen, strenge Definitionen? Wolle er danach etwa, er schaute auf die Uhr, das Abendmenue abschreiben? Eine solche Ordnung könne er ihm jederzeit mit Gewinn durcheinanderhauen. Ein Roman sei nicht immer ein Roman. Ein großer Name bedeute nicht ein großes Werk. Und die Epochen? Alles Geschmacksverstärker, nichts als künstliche Aromen.

Und schon griff er sich Cervantes „Don Quijote". Dieses Werk könne er ihm empfehlen als einen modernen Roman, obwohl er im Jahr 1605 erschienen ist. Er staune, weil die Moderne erst viel später begonnen habe? Das sei Humpty Dumpty. Wenn er wolle, nun ging der Proviantmeister ein Regal weiter, könne er „Tristram Shandy" von Laurence Sterne als postmodernes Werk lesen. Oder weiter hinten dieses, die „Summe der Logik" von Guillelmi de Ockham. All diese Regalbeschriftungen dienten doch nicht dem Genuss, bloß der Regalisierung. Und bei Sturm liege sowieso alles drunter und drüber. Wieso also ordnen. Kraut und Rüben – das sei genau die richtige Mischung und Ordnung. So solle man lesen.

Ein Leser ist ein Süchtiger – vorerst nicht süchtig auf Inhalte und Themen, selten verschworen auf ein einziges und eingeschränktes Themengebiet. Leser sind Allesleser. Leser sind jene, bei denen gewisse Körperfunktionen – ich denke ans WC – ausfallen, wenn sie keinen Lesestoff haben, die ohne Lesestoff nicht einschlafen, ohne Lesestoff nicht verdauen können oder was auch immer.

In diesem Kühlraum fände sich für fast alle Geschmäcker etwas. Aber suchen müsse der → Passagier schon selbst. Ob der hier versammelte Proviant nützlich sei? Ach, diese alte Frage, mit der man nicht erst seit der Aufklärung das verpönte Romanlesen einzugemeinden sucht. Aber sicher, wenn der → Passagier es so wolle, nützlich fürs Leben sei auch das scheinbar Unnütze. Quod erat demonstrandum. Hier, er fischte Flann O'Briens „Auf Schwimmen-zwei-Vögel" aus dem Regal: Das sei ein unterhaltsames Handbuch zur Überlistung des → Kapitäns, eine Fibel des → Meuterns. Oder hier, nun landete Jules Vernes „10000 Meilen unter dem Meer" in den Händen des → Passagiers: Das sei beim Kentern unbedingt rasch zu lesen. Bei Flaute wiederum böten sich Jean Paul oder Marcel Proust an, Heinrich Heine hingegen: Bei stärkstem Sturm! Es gäbe kein besseres Relaxans gegen die Seekrankheit. Das könne er ihm glauben, schließlich sei er seit Jahren von → Seemannsgarn und allen sieben Winden umgeben. Samuel Becketts „Worstward ho/Aufs Schlimmste zu“ empfehle er bei Maschinenschaden, und hier, gleich daneben, finde sich der Schaltplan für den Maschinenraum: Franz Kafkas „Das Schloß“.

Sollte das → Schiff auf einer Sandbank festfahren, wäre die Lektüre von Gotthold Ephraim Lessings „Von Duldung der Deisten und Eine Replik“ durchaus nützlich. Und vor Anlaufen fremder Gestade Nicolaus Cusanus' „De pace fidei, cum epistula ad Ioannem de Segobia“ zu exzerpieren, könne nicht schaden. David Foster Wallaces „Schrecklich amüsant – aber in Zukunft ohne mich“ empfehle er wegen der → Schmugglerware. Aber man solle es nach einer Kreuzfahrt lesen, nicht vorher. Eine kluge Psychologie des Reisens habe Olga Tokarczuk mit ihrem Roman „Unrast“ erfunden. Und weil man nun schon im psychologischen Eck sei, „Moby Dick“ von Herman Melville könne man als Kapitänscharakterlehre lesen und – der Proviantdozent lachte, während man oben an Deck die Schritte des → Kapitäns hörte – an bestimmten Tagen gönne er sich Jorge Luis Borges' „Die kreisförmigen Ruinen“: Allein der Gedanke, dass auch der → Kapitän nur eine Fiktion sei, habe in manchen Stunden etwas unheimlich Beruhigendes.

Es gibt keine intellektuelle Tat, die nicht letztendlich nutzlos wäre, hörte der → Passagier nun den Proviantmeister hinter den Regalen sagen. Statt den Proviant allein auf Nützlichkeit hin abzuklopfen, solle man lieber einfach im Kühlraum stöbern. Der → Passagier lasse sich dabei nicht von den grellbunten Etiketten auf den Konserven verführen, sondern stecke seine Nase lieber selbst in den Texttopf. Schmecke, rieche, taste, höre, sehe. Das Salz, das Toni Morrison in Wunden streut. … *kleine Ratten warten nicht, bis wir schlafen jemand schlägt um sich, doch es ist kein Platz dafür wenn wir mehr zu trinken hätten, könnten wir Tränen machen* … Die wohlklingenden Satzschleifen von Friederike Mayröcker. … *und es war das Schreiben, man kann es auch* das Gottessen *nennen denn man fühlt sich von einer fremden Gewalt übermannt, und man tritt in eine fremde Welt ein, welche aber* voll Gloriolen, *und das geschieht nicht jederzeit wenn man es sich wünscht sondern es ist von speziellen Voraussetzungen abhängig, und man benötigt dazu ein glühendes Wesen, so ist es, ein fremdes Geschehen sprengt die alltägliche Brust, und es ist eine Kopulation mit dem Geist, und es ist ein Exzesz und es ist ein Geheimnis und dann ist man dem Schreiben verfallen und ist süchtig aufs Schreiben geworden, während man im alltäglichen Leben, ich meine im alltäglichen Leben hat man nie viel zu sagen, also ich habe im alltäglichen Leben nie viel zu sagen eigentlich gar nichts* … Den Fluss von James Joyce. *riverrun, past Eve and Adam's, from swerve of shore to bend of bay, brings us by a commodius vicus of recirculation back to Howth Castle and Environs.* Die Wortmalerei, die ankerlose Ankerkette der Gertrude Stein. *Shutters shut and open so do queens. Shutters shut and shutters and so shutters shut and shutters and so and so shutters and so shutters shut and so shutters shut and shutters and so. And so shutters shut and so and also. And also and so and so and also.* Die Wellen, *der Lavastrom von Satz zu Satz* bei Virginia Woolf. *Ich bin fertig mit den Sätzen.*

Wo anfangen, wo aufhören, was aufheben, woran vorbeigehen: Es gebe keine Regel dafür, *das einzige was er tun sollte, ist, sich einen angenehmen Platz zum Lesen zu finden und sich der Lektüre hinzugeben also die Lektüre über sich ergehen zu lassen, sich überschwemmen zu lassen von ihren Reizen Bezauberungen und Verführungen : er braucht sich also nicht anzustrengen – das ist wohl eine falsche Vorstellung, nicht wahr.*

Nach einer Regalsichtung in der Kühlkammer solle man sich unbedingt wieder aufwärmen. Der Proviantmeister stieß die Tür auf. Sich zu lange in den Provianträumen aufhalten, davor haben schon viele gewarnt. Die meisten blieben vor ihrer eigenen Inventarisierung nicht verschont. Eine Gefahr nämlich ist die, dass sich das

Geschriebene *an die Stelle der Wirklichkeit* schiebt, *in der Funktion, sie als das endgültig Rubrizierte und Gesicherte überflüssig zu machen. Die geschriebene und schließlich gedruckte Tradition ist immer wieder zur Schwächung der Authentizität von Erfahrung geworden. ... Dann wird mit einem Mal der Staub auf den Büchern sichtbar. Sie sind alt, stockfleckig, riechen moderig, sind eines von anderen abgeschrieben, weil sie die Lust genommen haben, in anderem als in Büchern nachzusehen.*

Der Proviantmeister nahm den → Passagier blinzelnd beiseite:
Auch das ist Proviant und mein Metier.

Literatur (*kursiv* gesetzt in folgender Reihenfolge):

Byung-Chul Han: Hyperkulturalität. Kultur und Globalisierung.
Peter Bichsel: Der Leser. Das Erzählen. Frankfurter Poetik-Vorlesungen
Jorge Luis Borges: Pierre Menard, Autor des Quijote.
Toni Morrison: Menschenkind.
Friederike Mayröcker: Und ich schüttelte einen Liebling.
James Joyce: Finnegans Wake.
Gertrude Stein: If I told him. A Completed portrait of Picasso.
Virginia Woolf: Die Wellen.
Virginia Woolf: Die Wellen.
Friederike Mayröcker: Und ich schüttelte einen Liebling.
Hans Blumenberg: Die Lesbarkeit der Welt.

Schiff

Was ist ein Schiff? *O meine Freunde,* wenn wir das nur wüssten. Lieber *auf eine dumme Frage keine Antwort; wirklich weise wäre es wohl, die Frage nicht zu stellen.*

Hilft uns beim → Vertäuen des Begriffs vielleicht seine mögliche Opposition, also das Andere des Schiffes? Doch wie andert man ein Schiff? Indem man erzählt, etwa davon, auf welchem Deck der Obstgarten des → Kapitäns liegt oder was ein Schiff abends an → Land denn so treibt. Andern tun Menschen aller Zeiten und allerorten. Sie bauen Oppositionen auf und ziehen Grenzen (→ Deich). Und wie das mit Oppositionen so ist, haben sie das Feste und das Flüssige, → Land und Meer zwar im Blick, übersehen aber den dritten Aggregatzustand, den der Luftschifffahrt. Eine dritte Position überschreitet die feste Zweiheit. Diese hält das Feste für das Eigentliche und dem Flüssigen überlegen – oder umgekehrt. Der weite Raum des Meeres mit den Schiffen würde so dem engen Raum des → Landes mit den Häusern entgegengesetzt.

Aber auch eine dritte, überschreitende Position kann in den Anfängen steckenbleiben: *… die unsägliche Mühe …, die sich ein Luftschiffer geben muß, wenn er den geizigen Wind – die waagrechte Ferne – die steilrechte – das Öffnen beider Lufthähne – und den Bogen, den er halb sinkend, halb wie eine Bombe zwischen beiden Fernen beschreibt – gerade so berechnen will, daß er zuletzt auf einmal (die Hähne sind ganz aufgedreht) in das Rotondenloch hineinschießet. Verdammt! ich schoß freilich so und ankerte; aber nie verfluchter. Ich blieb mit meiner Sänfte im Introitus stecken …*

Weil die dritte Position nicht einfach zu finden ist, bleibt man häufig stecken und schlägt sich auf eine der beiden Seiten, etwa indem man spricht: *Die nötigste Predigt, die man unserm Jahrhundert halten kann, ist die, zu Hause zu bleiben.* Damit wäre die Frage durch eine Behauptung stillgestellt. Um aber verschwenderischen Wind in die Zweiheiten hineinzublasen, folgen jetzt drei Seemannsknoten. Diese sind zwar zunächst bloße Trockenübungen für Stubenhocker, sie weisen sich im späteren Umgang mit Wind und → Wetter jedoch als nützlich aus. Der erste Knoten nimmt die Literatur als Nachahmung des Lebens und als Abbildung der Wirklichkeit, und der zweite nimmt sie als reine Fiktion und diese als Täuschung und Lüge und der dritte nimmt sie und verwischt auf dem schlingernden und stampfenden Schiff die gar nicht so reine Grenze zwischen der Wirklichkeit und der Fiktion.

Der erste Seemannsknoten ist der einfachste. Er knotet Literatur und Leben, Meer und → Land als Abbildung zusammen. Literatur ahmt das Leben nach, bildet Wirkliches ab und weiß auch, was das ist. Das geht dann so: Ein Schiff sieht aus wie ein Haus (→ Arche). Auch drinnen ist alles wie im Haus: Koje und Bett, Kombüse und Küche, Messe und Speisezimmer. Das Schiff ist eine Wohnung, die man einfach mitnimmt auf Reisen. Literatur schöpft aus dem Leben.

In den Raum- und Unterwasserschiffen des 18. Jahrhunderts, bei Jules Verne, haben die Schiffe häusliche Intarsien, mehr noch: sie sind eine *beglückende Einschließung, denn es genügt, das Schiff als menschliche Wohnung darzustellen, damit der Mensch es sogleich als ein rundes und glattes Universum genießt, in dem eine ganze Seefahrermoral ihn zum Gott, Herrn und Eigentümer zugleich macht.* Das derart abgebildete Schiff ist eine große Einschließung und beglückend, denn alles ist genauso, wie man es an → Land und im Leben vorfindet. *Was Sie für Fleisch halten, Herr Professor, ist nichts anderes als Meerschildkröte. Dort haben wir Leber vom Delphin, welche Sie für Schweineragout nehmen würden. Mein Koch versteht sich vortrefflich darauf, die verschiedenen Gaben des Meeres zu konservieren. Kosten Sie alle Speisen. Diese Seegurken-Konserve würde ein Malaie für das beste Gericht der Welt halten. Die Milch dieser Creme hier ist aus der Brust von Walen gewonnen, und der Zucker kommt von den weiten Tangfeldern des Nordmeers. Darf ich Ihnen auch von dem Anemonen-Konfekt (eigentlich Konfitüre) anbieten, das dem schmackhaftesten Obst in nichts nachsteht?* Das Leben auf dem Meer sieht aus wie das Leben auf dem → Land, Schiff und Haus sind nicht zu unterscheiden.

Literatur ahmt Wirklichkeit nach. Das Schiff der Literatur schließt alles ein. Wie das wirkliche Haus hat auch die Literatur Stockwerke, sie hat ein Dach und einen Keller, einen Anfang und ein Ende. Und Gott sei mit uns, oder besser, wir haben ihn häuslich im Sprachgepäck dabei, gemacht aus der handfesten *Seefahrermoral* oder aus der eher unbekannten Seefahrermystik. Bei *den Mystikerinnen des fünfzehnten Jahrhunderts ist es das Motiv der Seele als Schiff geworden, die auf dem unendlichen Meer der Begierden, auf dem sterilen Feld der Sorgen und der Unwissenheit der Welt treibend, Spielball des Wahnsinns des großen Meeres ist, wenn sie den festen Anker, den Glauben, nicht zu werfen oder ihre geistigen Segel nicht zu setzen weiß, damit der Atem Gottes sie zum Hafen geleitet.* Hier geraten wir auf schwankenden Boden und verlassen die Gewissheit, man könne abbilden.

Die eigenen Begierden, Wünsche und Träume lösen den Firnis. Damit wird das Abbilden zwar problematisiert, jedoch nicht selber infrage gestellt. Darum geht es nun beim zweiten Seemannsknoten. Und wir beginnen erneut und damit, alles anders zu erzählen.

Das kann man nämlich auch ganz anders verknoten. Dann haben Schiff und Haus, Literatur und Wirklichkeit gar nichts miteinander gemein. Dann stimmen Literatur und Leben nicht miteinander überein, macht einem erstere doch ständig was vor und den Mund wässrig und das mit nichts als Lügen. So trat einst Platon in tiefer Proskynese der flunkernd-funkelnden → Flotte der Literatur entgegen, um die derart Überraschte noch vor dem Stadttore abzufangen und ihr den Weg nach Arkadien zu weisen. Dabei hat er ihr nicht ganz uneigennützig *das Haupt mit vieler Salbe begossen und mit Wolle bekränzt.* Kombüse und Küche, Koje und Schlafzimmer, Laderaum und Vorratskammer sind bloßer Schein. Das Schiff der Literatur täuscht die Sinne und setzt Gespinste und Mären in den Kopf. Zwischen Fiktion und Faktum, facts und fakes verläuft ein Graben (→ Fracht). So beginnen die Gegensätze, die Zweiheiten, die Dichotomien, die Binome. Wahrheit oder Dichtung, Haus oder Schiff, → Land oder Meer, Realität oder Fiktion.

Solche Zweiheiten sind längst entschieden, das ist der zweite Seemannsknoten, angebracht vom → Hafenmeister, der Literatur als Lüge stempelt. Das Schiff der Literatur ist eine Erfindung und das richtige Leben aus dieser Täuschung nicht ableitbar.

Die Geschichte von Don Quijote inszeniert einen solchen Seemannsknoten. Zu Beginn des Romans versenkt sich Don Quijote so tief in seine Bücher, *daß ihm die Nächte vom Zwielicht bis zum Zwielicht und die Tage von der Dämmerung bis zur Dämmerung über dem Lesen hingingen; und so, vom wenigen Schlafen und vom vielen Lesen, trocknete ihm das Hirn so aus, daß er zuletzt den Verstand verlor. Die Phantasie füllte sich ihm mit allem an, was er in den Büchern las, so mit Verzauberungen wie mit Kämpfen, Waffengängen, Herausforderungen, Wunden, süßem Gekose, Liebschaften, Seestürmen und unmöglichen Narreteien. Und so fest setzte es sich ihm in den Kopf, jener Wust hirnverrückter Erdichtungen, die er las, sei volle Wahrheit, daß es für ihn keine zweifellosere Geschichte auf Erden gab.*
Viele Bedenken gegen Literatur werden hier aufgegriffen, ganz im Sinne dieser Position. Wer weiterliest, wird sehen, wie Don Quijote diese Position dekonstruiert. Und hier geraten wir wiederum auf schwankenden Boden und beginnen erneut und damit, alles anders zu erzählen.

Den ersten beiden Seemannsknoten ist dies gemeinsam: beide wissen, was Realität ist und was Fiktion ist. Der erste vertraut der Abbildung, der zweite warnt vor der Lüge. Der dritte Seemannsknoten dekonstruiert diese Gewissheit gründlich. Er *behauptet sogar herausfordernd, dass Realität als solche gar nicht existiere und dass die Idee einer Realität Schwindel sei.* Das Wissen um die fest zu bestimmende Grenze zwischen Fiktion und Realität wird ersetzt durch einen Akt der Suche, *die alles, was sie entdeckt und alles, was bei der Niederschrift formuliert wird, sogleich wegwischt und auslöscht.*

Zeuge dieser Suche ist Don Quijote. Er *wird von den Klugen verlacht, weil er immerfort alles für etwas anderes hält, als es ist. Wie recht er doch hat!* Nicht von ungefähr begegnen wir in der Figur des Don Quijote einem Leser. Die Bedeutung des Lesers und der Leserin wird von Cervantes im Vorwort herausgestellt: *Mag man mich auch für den Vater des Don Quijote halten, bin ich doch nur sein Stiefvater und werde nicht mit dem Strom schwimmen, liebster Leser, und dich wie manch anderer fast unter Tränen anflehen, du mögest die augenfälligen Fehler meines Kindes verzeihen oder vergessen, denn du bist mit ihm weder verwandt noch befreundet, hast deine eigene Seele im Leib und deinen freien Willen wie nur irgendeiner, bist bei dir Herr im Haus, wie der König Herr über seine Steuern ist, und kennst die*

Redensart: ‚Daheim in meiner Stube lass ich den König bluten'. Das alles entbindet dich von jeder Höflichkeit und Rücksicht, und so darfst du über die Geschichte sagen, was immer dir beliebt, ohne Angst, wegen deiner bösen Worte zur Rechenschaft gezogen, und ohne für die guten belohnt zu werden.

Du bist bei dir Herr im Haus. Diese Gewissheit wird mit der Seelenfahrt ins eigene Innere (durch → Kapitän Freud) oder ins Äußere (durch → Kapitän Foucault und → Kapitänin Butler) erneut hinterfragt. Der unterste Keller im Haus und das Orlopdeck ganz unten im Schiff sind die sichersten Orte in der Schlacht. Sie sind aber auch dunkel und unbekannt wie die Seele. Hier begegnen einem die Mystikerinnen des fünfzehnten Jahrhunderts mit ihren dunklen Worten und hellen Begierden, Penelope mit einem nichtabreißenden Faden und ihrem irrfahrenden Weberschiffchen, Jean Paul mit seinem ungeheuren Bildkonvolut *für uns kleine Schaltiere, die am Schiffe der Erde saugend kleben,* und vielen anderen (→ Proviant).

Schiff und Haus sind dasselbe. Schiff und Haus haben nichts miteinander gemein. Schiff und Haus gibt es nur verwischt.

Wir haben Vektoren und der → Kapitän schiebt diese nun auf seinem Kartenstuhl einmal nach dort und auf seinem Webtisch einmal nach hier. *Der Schiffprediger lag zum Glück in einer Hangematte und taufte herab.* Soviel für heute zum Schiff der Literatur und zum Haus des Lebens. *Letztlich ist die einzige wirkliche Heimat, der einzige Boden, auf dem man gehen kann, das einzige Haus, in dem man Rast machen und Unterschlupf finden kann, die Sprache.*

Literatur (*kursiv* gesetzt in folgender Reihenfolge):

Jacques Derrida: Von der Freundschaft.
Gérard Genette: Fiktion und Diktion.
Jean Paul: Des Luftschiffers Giannozzo Seebuch.
Jean Paul: Leben des Quintus Fixlein.
Roland Barthes: Mythen des Alltags.
Jules Verne: Zwanzigtausend Meilen unter Meer.
Michel Foucault: Wahnsinn und Gesellschaft. Eine Geschichte des Wahns im Zeitalter der Vernunft.
Platon: Der Staat.
Miguel de Cervantes Saavedra: Der sinnreiche Junker Don Quijote von der Mancha.
Raymond Federman: Surfiction: Der Weg der Literatur. Hamburger Poetik-Lektionen.
Raymond Federman: Surfiction: Der Weg der Literatur. Hamburger Poetik-Lektionen.
Michael Ende: Michael Endes Zettelkasten.
Miguel de Cervantes Saavedra: Der sinnreiche Junker Don Quijote von der Mancha.
Jean Paul: Blumen-, Frucht- und Dornenstücke oder Ehestand, Tod und Hochzeit des Armenadvokaten F. St. Siebenkäs.
Jean Paul: Blumen-, Frucht- und Dornenstücke oder Ehestand, Tod und Hochzeit des Armenadvokaten F. St. Siebenkäs.
Michel Foucault: Das giftige Herz der Dinge. Gespräch mit Claude Bonnefoy.

Schleuse

Eine Schleuse schließt ab und schließt auf. Dazwischen verändert sie Entscheidendes. Und das ist auch schon das ganze Glück und Elend des Übersetzens.

Eine Schleuse lässt das → Schiff hereinfahren und schließt die Tore, sie hebt oder senkt das → Schiff und gleicht so einen Höhenunterschied aus, sie öffnet die Tore und lässt das → Schiff hinausfahren. Sie gleicht also das → Schiff dem Fahrwasser oder dieses dem → Schiff an – je nachdem wo man steht und von wo aus man gerade blickt. Sie übersetzt, sie gleicht aus oder gleicht an, sie überbrückt und transportiert. Beim Übersetzen von Sprachen geschieht nichts anderes, wenn auch auf viele weitere Weisen: beim Übersetzen wird – und schon folgen die Übersetzungen – überliefert, übertragen, verfremdet, überführt, transponiert, bisweilen wird ergänzt, gestrichen und verbessert, es wird eine neue Version geschaffen nicht bloß der übersetzten Geschichte, sondern der Sprache selbst, es werden – nicht erst in der Renaissance, Reformation und Aufklärung – Konversionen produziert.

Lesen, Schreiben und Sprechen ist ein Dauerschleusen. Der Text, schreibt Paul Celan an Peter Schifferli, *will nämlich nicht nur übersetzt, sondern auch … übergesetzt sein. Sie sehen: es handelt sich für mich – mitunter – um eine Art Fergendienst. Darf ich also hoffen, daß bei der Honorierung meiner Arbeit nicht nur die Zeilen, sondern auch die Ruderschläge gezählt werden?*

Die einfachste Weise zu übersetzen achtet dagegen auf Komplexitätsvermeidung: Man schaut von sich aus, von seiner Muttersprache und eigenen Kultur, auf andere Sprachen und Kulturen. Beim Übersetzen werden dann die Worte und Kulturen einander angepasst oder angeglichen. Meist geschah dies, indem die fremde Sprache der eigenen Kultur eingepasst wurde. Wie also das → Schiff dem höheren oder niederen Fahrwasser angepasst wird und umgekehrt, so sucht die ideale Übersetzung, den Höhenunterschied zwischen Sprachen oder zwischen Kulturen wahrzunehmen und zu überbrücken.

Die Übersetzung ist eine Schleuse, aus der ein anderes → Schiff herausfährt als hineingefahren ist. Das Übersetzen ist immer ein *Ort des Hin (etwas geht fort) und des Her (es kommt zurück), des Hinab- und Hinaufsteigens.* Übersetzen macht lesbar und verwischt zugleich. So funktionieren Schleusen. Dabei gibt es die ideale Adaption oder Akkommodation natürlich gar nicht. Denn *jeder Satz ist ein von seinen Sprechern so und nicht anders geformter Blick auf die Dinge. In jeder Sprache sitzen andere Augen in den Wörtern.* Übersetzung bleibt stets *die Agentur einer Differenz.* Sprachen und Kulturen funktionieren eben nicht mechanisch. Und schon gar nicht natürlich. Dauernd wenden sie sich. *Von einer Sprache zur anderen passieren bei ein- und demselben Gegenstand jedesmal Verwandlungen.* Es bilden sich Hybride aus, signiert von den Beteiligten der jeweiligen Zeit. Die Sprache fließt wie ein Fluss und alle Worte tragen ihren Zeitmantel.

Übersetzen ließe sich darum mit einem Bonmot von Karl Kraus besser als Imperativ lesen: *üb ersetzen!* Die Schleuse ersetzt das Hohe durch das Niedrige und umgekehrt.

An Schleusen kommt es zum Tausch. Dieser Tausch durchzieht zudem die Sprachen. Sprachen und Kulturen machen Politiken: sie schließen ein und sie schließen aus. Etymologisch wird Schleuse auf genau das, auf *sclusa* zurückgeführt und dieses auf das lateinische *excludere,* das in den Wörterbüchern *ausschließen* heißt (geheißen wird). Sprachen schleusen und übersetzen nach Regeln und

Regimes, die noch vor jeder Übersetzung beim Übersetzen selbst gewonnen, gefestigt, gemauert wurden. Insofern ist eine vorliegende Übersetzung immer Politik, denn die Übersetzung macht und schafft die Sprache und mit dieser bringt sie eine neue Wirklichkeit hervor. Jedem Tausch liegen die Tauschkurse und Tauschbedingungen der jeweiligen Zeit und der jeweils politisch Tonangebenden zugrunde. Der politische Wille bestimmt die Semantik. Wörterbücher wurden nie ohne einen politischen Willen erfunden. In sie floß weniger der flüssige Akt des Übersetzens als vielmehr die längst gesetzte Übersetzung ein.

Ein → Schiff fährt in die Schleuse ein. Das → Schiff ist ein Bild für die Sprache, schließlich hat es – mit Johannes Tauler gesagt – das Wort *bis an sein' höchsten Bord* geladen. Das → Schiff legt Passagen zurück, nicht anders die Worte, die zueinander gesprochen werden oder gesungen wie dieses von Nicolaus Herman: *Heut schleust er wieder auf die Tür zum schönen Paradeis.* → Schiff und Sprache kommen voran durch das Übersetzen. Übersetzen, sagt dieses Lied, ist ein weiter Weg. Überall wo gesprochen wird und wo Sprache geschieht, wird übersetzt und geschleust. Jede Passage der Sprache ist eine Übersetzung. Jede, denn – mit Schleiermacher – übersetzen wir nicht bloß fremde Sprachen in die eigene Sprache (und umgekehrt), sondern *unsere eigenen Reden müssen wir bisweilen nach einiger Zeit übersetzen, wenn wir sie uns recht wieder aneignen wollen.*

Das ist die weiteste Fassung der Schleuse, die alles Verstehen als ein Übersetzen versteht. Es gibt auch engere Schleusen. In denen ist nur wenig Spielraum, nichtmal ein halber Meter links und rechts, sonst stößt das → Schiff an. Die engste Schleuse ist für Anfänger: Stück für Stück fährt das → Schiff hinein, Wort für Wort wird übergesetzt. Fortgeschrittene, die ihr → Schiff kennen, fahren zügiger in die Schleuse ein. Das flüssige Übersetzen hält sich nicht an die Hülle der Worte, sondern an deren Sinn.

Das Glück des Übersetzens liegt nun darin, wenn eine Bewegung, eine Begegnung und ein Verkehr stattfinden. Menschen können miteinander reden, über verschiedene Ebenen, Sprachen und Gewässer hinweg. Sie verkehren miteinander über die Grenzen der Sprache hinweg. Eine Sprache wird mit einer anderen Sprache, fremde Kulturen mit der eigenen Kultur verbunden und umgekehrt. Das klingt einfach, doch es ist schwer, das → Schiff so in die Schleuse zu steuern, vor allem bei Windböen, die unberechenbar sind wie die Zeit. Damit kommt man dem Elend des Übersetzens auf die Spur. Es besteht darin, dass dieser Verkehr eben wiederum Grenzen

unterworfen ist und somit verzerrt oder zumindest beschränkt ist. Doch überhöhte Preise sind im Schleusenwärterhäuschen ebenso selten angeschlagen wie die Windrichtung.
Übersetzen ist windabhängig, unterliegt ständigen *turns.*

Geschrieben steht: »Im Anfang war das Wort!« / Hier stock ich schon! Wer hilft mir weiter fort? / Ich kann das Wort so hoch unmöglich schätzen, / Ich muß es anders übersetzen, / Wenn ich vom Geiste recht erleuchtet bin. / Geschrieben steht: Im Anfang war der Sinn. */ Bedenke wohl die erste Zeile, / Daß deine Feder sich nicht übereile! / Ist es der* Sinn, *der alles wirkt und schafft? / Es sollte stehn: Im Anfang war die* Kraft! */ Doch, auch indem ich dieses niederschreibe, / Schon warnt mich was, daß ich dabei nicht bleibe. / Mir hilft der Geist! Auf einmal seh ich Rat / Und schreibe getrost: Im Anfang war die* Tat!

Soweit vier verschiedene Kostenvoranschläge des Übersetzens, vorgeführt mithilfe des Johannesprologs, der genau davon erzählt: das Wort setzt über und schleust das schöne Paradeis auf. Das kann man wörtlich haben: Logos, „Wort". Aber auch dem Sinn nach: „Sinn". Schließlich geht es etwas teurer und ist dafür aber auch geladen: „Kraft". Die Vollversion ist immer performativ: „Tat". Das heißt doch wohl, dass die Sprache mehr als einen Kanal befährt, der wortwörtlich oder sinnbildlich vor einem liegt und den die → Karten maßstabsgetreu abbilden oder metaphorisch ausmalen.

Die Sprache überschreitet die Unterscheidung zwischen Gestern und Heute ebenso wie die zwischen Original und Abschrift. Sprache besiedelt und ist besiedelt. Sie trägt eine *reliquienhafte Schichtung.* Wo gerade gesprochen und übersetzt wird, öffnen sich die Schleusen der Sprache. Das ist immer ein Hin und Her und zwar nicht zwischen Gestern und Heute, sondern immer inmitten der Gegenwart der Abschrift. Die Übersetzung erst schafft das Original und seine Vergangenheit, so Walter Benjamin: *Denn in seinem Fortleben, das so nicht heißen dürfte, wenn es nicht Wandlung und Erneuerung des Lebendigen wäre, ändert sich das Original. Es gibt eine Nachreife auch der festgelegten Worte.* Und alle Übersetzung ist *nur eine irgendwie vorläufige Art, sich mit der Fremdheit der Sprachen auseinanderzusetzen.* Die Abschrift schafft aber nicht nur das Original, sondern auch die Fiktion jenes Grabens. Sie kerbt den Raum des Übersetzens. Sie macht die Schleuse sichtbar inmitten des anscheinend glatten Flusses.

Die Translatio, also die letzte Schleuse, von der sich das englische „translation" ableitet und die eine Übertragung von Dingen an einen anderen Ort meint, markiert in früheren Jahrhunderten einen Reliquientransfer. Das ist der Graben par excellence.
Das ist die Kerbe zwischen Leben und Tod,
zwischen Original und Nachschrift, auf der Fährleute aller Kulturen über Flüsse in den glatten Raum eines Landes

ohne Tag und Nacht ohne Gestern und Morgen

ohne Oben und Unten

über

setzen

Literatur (*kursiv* gesetzt in folgender Reihenfolge):

Paul Celan an Peter Schifferli, Brief vom 1. April 1954.
Michel de Certeau: „Die See schreiben“.
Herta Müller: Heimat ist das gesprochene Wort.
Anselm Haverkamp: Die Sprache der Anderen. Übersetzungspolitik zwischen den Kulturen, Vorwort.
Herta Müller: Heimat ist das gesprochene Wort.
Karl Kraus (zugeschrieben).
Johannes Tauler (zugeschrieben): Es kommt ein Schiff geladen.
Nicolaus Herman: Lobt Gott, ihr Christen alle gleich.
Friedrich Schleiermacher: „Ueber die verschiedenen Methoden des Uebersetzens“.
Johann Wolfgang Goethe: Faust.
Michel de Certeau: „Die See schreiben“.
Walter Benjamin: Die Aufgabe des Übersetzers.

Schmugglerware

Fußnoten sind sagenhafte Fundorte. Unter der Hand werden Schätze, ganze Bücher oder einzelne Zitate kassibert, als wären es Lebensmittel. Meist geschieht das im Gehen, beim Lesen also. Es passiert beiläufig und an wechselnden Orten – sozusagen unter dem Fuß, im Gang durch den raschelnden Blätterwald.

Diese Schmugglerwaren sind durch und durch rhizomatisch. Sie flechten und ranken sich durch ungezählte Hände, ohne dass man den Kopf der Bande festmachen kann. Sind Fundorte angegeben, dann bloß mangels besseren Wissens und einer spätneuzeitlichen Konvention wegen. Es ist wie mit jenen → Karten, die verloren gingen, verbrannten oder übermalt wurden.
Das Kassiber ist hauptlos. Schmugglerwaren sind Ikonen und Ikonoklasmus in einem. Am unteren Rand der Seite, unter Kopf, Herz und Nieren, finden sich die Füße, die mit den Zehen im Sand der Schriftzeit spielen und Häupter, Herzen und Bäuche ohne Ende aneinanderreihen. Und wäre das Auge nur ein wenig wacher, dann könnte es darunter wiederum einen Körper entstehen sehen und so

fort. Nicht jede Schmugglerware ist für das Auge bestimmt. Alles Geschriebene steht auf Geschriebenem. Schmuggler kennen sich aus mit Archäologie.

In der Literatur finden sich zahlreiche Schmugglerwaren. Motive und Figuren leben in anderen Büchern fort und wechseln den Besitzer, der sie nur von anderswo, anderen Zeiten, anderen Orten, anderen → Kapitänen borgte und aufs eigene → Schiff schmuggelte. Die Grenze zwischen Intertextualität und Piraterie verläuft mal hier entlang und mal etwas weiter drüben.
Der hellste und dunkelste, liebste und intimste Ort aber, an dem man Schmugglerwaren in allen Preislagen erwerben kann, ist die Fußnote in der Welt der Gelehrten, die über jene Literatur schreiben. Da sind zum Beispiel die Kartenschreiber, die Geographen und Botaniker, also all die, die in der frühen Neuzeit mit ihren Geräten und feinmaschigem Grundgarn in die Welt hineinstaken und sie einholen, und so brachten sie allerhand Geschmuggeltes heim. Je kleiner Fußnoten gesetzt, umso mehr scheinen sie das Große Ganze Werk zu tragen. Indem sie ganz unten auf der Seite stehen, verschleiern sie deren Kopf. Mitunter wird der Tauschplatz aus einer kleinen dunklen Straßennische auf den Wochenmarkt verlegt, und wenn das geschieht, nehmen Fußnoten

einen Großteil der Seite ein, sie wuchern und ranken sich empor, bauen eigene Stände auf, bieten ihre Waren feil, wie sich das für goutierte Häupter gehört. Eitelkeit in diesen Gegenden der Buchseite ist kein Laster, sondern ein gutes Werk.
Neuerdings gesellen sich Zahlenfetischisten dazu, sie sind wahre Schmuggler, aber leider haben sie immer dasselbe im Angebot und die Rankings sind so fad wie jene Wettbüros, die in Städten und Dörfern aus dem Boden schießen wie leere Behälter.

Das Schmuggeln kann man als ein ehrenwertes Tun ohne niederen Vorsatz definieren, schließlich geht das Zitieren auf eine lange Tradition mit Sukzessionsfolge und Schulbildungen zurück.
Die Gelehrten schmuggeln auf sehr unterschiedliche Art und Weise, wenn man Verweisen, Vertiefen, Vergleichen, Argumentieren (eine zweite Kette, die die erste stützt und stürzt) und all das grob unter Schmugglerwaren subsumiert. Da gibt es etwa jene Anmerkungen *bloß für die Gelehrten, welche in jedem Werke nichts lieber haben und nützen als ein anderes, nämlich die sogenannten Hasen-Öhrchen oder Gänseaugen und Gänsefüße, womit die Buchdrucker typisch genug die Anführ-Typen benennen.*
Das wiederum kann verschieden motiviert sein, etwa wenn in jenen Produktionen *genüsslich in den Fußnoten all die falschen Auffassungen*

genannt werden (à la: Vgl. noch immer, falsch, Meyer 1892 …), um auf dieser Basis die eigenen Richtigkeiten umso triumphaler zu zelebrieren. Dagegen machen sich ein paar Marktstände weiter Stimmen bemerkbar, die Fußnoten nicht als das Archiv früherer Irrtümer, sondern als ein demokratisches Gedächtnis bestimmen. *Tradition ist Demokratie für die Toten.* Auch das Andere, also das, was gerade nicht den großen Beifall bekommen hat, behält sein Recht und seine Stimme und wird darum angeführt und zitiert und damit aufbewahrt und geschützt.

Wieder anderswo werden Fußnoten transversal gerechtfertigt: sie → vertäuen und verbinden. Zwar sind sie ein Geschwulst am Fuße, aber es gibt ja nun auch welche, die sowas unbedingt brauchen. So findet sich in Max Webers Protestantischer Ethik geziemend in einer Fußnote: *Wenn ich nachstehend dem Leser ebenso w i e m i r s e l b s t die Pönitenz einer bösen Fußnotengeschwulst auferlegt habe, so war dafür eben die Nötigung entscheidend, eine wenigstens vorläufige Nachprüfung der Gedanken … speziell den n i c h t theologischen Lesern zu ermöglichen.* Natürlich ist solches dann berechenbar öd zu lesen. Es zieht sich zudem hunderte Seiten hin.
Ironisch kommentiert solche Praktiken die Vorrede zum Don Quijote: *Was die Anmerkungen am Ende des Buches angeht, könnt Ihr*

unbesorgt wie folgt verfahren: Kommt darin ein Riese vor, dann macht aus ihm den Riesen Goliath, und schon habt Ihr, fast ohne den Finger zu rühren, eine ellenlange Anmerkung, in der Ihr einfach schreibt: ‚Der Riese Goliath, genannt auch Goliath von Gath, war ein Philister, den der Schafhirte David mittels eines gewaltigen Steinwurfs im Tal der Therebinten tötete, wie im Buch der Könige geschildert wird ...' in dem und dem Kapitel, wo Ihr es eben findet. Zeigt Euch zudem als studierter Humanist und Kosmograph und tragt Sorge, dass in Eurer Geschichte der Fluß Tajo vorkommt, dann habt Ihr wieder eine glänzende Anmerkung zur Hand: ‚Der Fluss Tajo ist nach einem spanischen König ...

Mitunter gibt es Marktbestücker, die das europäische, also westliche Schreiben begreifen als *eine* einzige *Reihe* langer, nicht abreißender, ständig sich erneuernder *Fußnoten zu Platon.* Oft ist eine Fußnote aber gar nicht bei Fuß, sondern sie streunt umher, flaniert und schert aus. Sie treibt Digression und Assoziation und beides in einem, ist eine ständige *digressive Abschweifung.* Das sind die teuren Schmugglerwaren, der Gedankensprung etwa eines Laurence Sterne, der die Linie des Haupttexts dekonstruiert.

Fußnoten betreffen das Haupt, den Regenten. Denn was ist der Haupttext? Der, der oben steht (→ Kompass)? Und wo gehören Fußnoten hin, nach oben oder unten, nach innen oder außen? Treten sie beiseite oder gehen sie an → Bord? In einem Logbuch von → Kapitän Derrida heißt diese Schmugglerware *Parergon.*
Ein Parergon *tritt dem* ergon, *der gemachten Arbeit, der Tatsache, dem Werk entgegen, zur Seite und zu ihm hinzu, aber es fällt nicht beiseite, es berührt und wirkt, von einem bestimmten Außen her, im Inneren des Verfahrens mit; weder einfach außen noch einfach innen; wie eine Nebensache, die man verpflichtet ist, am Rande, an Bord aufzunehmen. Es ist zunächst* (d'abord) *das An-Bord* (l'à-bord).

Weder Außen noch Innen, weder Zentrum noch Peripherie, zunächst aber An-Bord. Was ist nun wichtiger: das, was neben dem Werk oder gegen das Werk geschmuggelt wird, oder ist das Werk selber das Wichtige und das Haupt des Ganzen? Der Rahmen ist problematisch. *Ich weiß nicht, was an einem Werk wesentlich und was nebensächlich ist. Und vor allem weiß ich nicht, was dieses Ding ist – weder wesentlich noch nebensächlich, weder rein noch unrein –, was Kant* Parergon *nennt, zum Beispiel den Rahmen. Wo hat der Rahmen seinen Ort. Hat er einen Ort. Wo beginnt er. Wo endet er. Was ist seine innere Grenze? Seine äußere Grenze? Und seine Oberfläche zwischen den beiden Grenzen?* Mit diesen Fragen mögen sich kommende Gerichte herumplagen und Autorität sprechen.

Fußnoten unterbrechen auf eine derart schöne Weise, dass sie der Wirklichkeit doch recht nahe kommen, indem sie ein Labyrinth auftun. Denn: Die Fußnoten sind die Schachtzeichen des Textes, seine Fördertürme oder auch Höhleneingänge. Sie sind die Flöze des Textes, aber auch sein Abraum. Einen Text mit Fußnoten zu Fußnoten in den Fußnoten schreiben wäre hübsch: ein eigener, wuchernder Talmud. Ein *Dorfbubensong.* Er setzt Eingänge daneben wie blinde Wege, zum Sch(r)ein, der nicht in der Mitte steht. Sowas heißt lesen. Man schreitet den Flutsaum des Textes ab. Hier gilt das Strandrecht. Schließlich legt es die Literatur auf die große Havarie an, und zwar ganz freiwillig. Um die Literatur zu retten, um nämlich Literatur zu bleiben, unkenterbar, wirft sie im Sturm ihre zahlreichen Güter über → Bord. Auf dass sie ans Ufer gespült werden mit den kommenden Lesern.

Leser und Leserinnen durchwaten einen gedruckten Text und während dieser Passage setzen sie im Kopf immer und manchmal auch mit Bleistift oder gar Kugelschreiber ihre Schachtzeichen an den Rand des Textes oder darunter oder ganz darüber, wo eben gerade noch genügend Stauraum auf der Buchseite ist. Leser und Leserin setzen Hyperlinks und gehen ihnen nach. Die Imagination des Menschen ist ein solches undurchdringbares Fußnotengestöber, sie ist mal ein *Herz der Finsternis* und ein andermal eines des Enlightenments.

Fußnoten peilen mehr als einen Ort an, sei das nun der eines möglichen (was langweilig wäre) oder wahrscheinlichen (schon wird es spannender) oder rundherum erfundenen Zitats (nun endlich sind wir am Borges-Strand angelangt). Fusznoten als nahrhafte süsze Verstecke der Subversion, als gut gefüllte Verliesze der Revolution.

Literatur (*kursiv* gesetzt in folgender Reihenfolge):

Jean Paul: Vorschule der Ästhetik.
Jürgen Ebach: Vielfalt ohne Beliebigkeit.
Gilbert Keith Chesterton: Orthodoxie. Eine Handreichung für die Ungläubigen.
Max Weber: Protestantische Ethik und der Geist des Kapitalismus.
Miguel de Cervantes Saavedra: Der geistvolle Hidalgo Don Quijote von der Mancha.
Alfred Noth Whitehead: Prozeß und Realität. Entwurf einer Kosmologie.
Uwe Wirth: Zur Medialität enzyklopädischer Verknüpfung. Die Rolle des Hyperlinks im Rahmen hypertextueller Wissensorganisation.
Jacques Derrida: „Das Parergon".
Jacques Derrida: „Das Parergon".
(Erwähnt: Josef Hiršal, Böhmische Boheme. Dorfbubensong.)
(Erwähnt: Joseph Conrad: Herz der Finsternis.)

Seemannsgarn

Ich will euch etwas erzählen. So setzen sie ein, die Geschichten von fernen Ländern und sonderbaren Dingen, von gebratenen Hühnern, die fliegen, und *Fliegen so groß als hier die Ziegen.* Schon hängen Zuhörerinnen und Zuhörer gebannt an den Lippen der Erzähler. *„Wenn einer eine Reise tut, so kann er was erzählen"*, *sagt der Volksmund und denkt sich den Erzähler als einen, der von weither kommt.* Wer nichts erlebt hat oder gar nicht erst fort war, der muss nun gut erfinden.

Zuallererst den Zeugen, damit die Geschichte, so unglaublich sie sich auch anhört, dennoch verlässlich klingt. *Ihr Kaiser, Könige, Herzöge, Fürsten, Grafen und Ritter und alle anderen, die ihr den Wunsch habt, Kunde zu erlangen von den mannigfachen Rassen des Menschengeschlechts und den verschiedenen Königreichen, Provinzen und Ländern in den östlichen Teilen der Welt – lest dieses Buch und ihr werdet darin die wunderbarsten und merkwürdigsten Beschreibungen der Völker, besonders in Armenien, Persien und im Lande der Tataren finden, wie sie in dem vorliegenden Werke von Marco Polo niedergelegt worden sind, einem weisen und gelehrten Bürger der Stadt Venedig, der einen scharfen Unterschied macht zwischen dem, was er mit eigenen Augen sah, und dem, was ihm andere mitgeteilt haben. Denn dieses Buch soll nur wahre und zuverlässige Angaben enthalten.*

Aufgezeichnet werden solche wahren und zuverlässigen Angaben, gesehen angeblich mit eigenen Augen, freilich nicht selten von einem anderen: hier *von dem Herrn Rustigielo, einem Bürger der Stadt Pisa, der in Genua in demselben Gefängnis weilte* wie Marco Polo. Falls diese Geschichte wahr ist. Falls nicht, ist sie so gut erfunden, dass sie bis heute wirklich ist.

Es ist die Neigung der Erzähler, ihre Geschichte mit einer Darstellung der Umstände zu beginnen, unter denen sie selber das, was nachfolgt, erfahren haben, wenn sie es nicht schlichtweg als selbsterlebt ausgeben. Vorworte beglaubigen die Zeugenschaft – oder setzen → Positionslichter, die hellhörig machen: *Der Stil ist sehr klar und einfach; der einzige Fehler, den ich finde, ist, daß der Verfasser nach Art der Reisenden ein wenig zu umständlich vorgeht. Über dem Ganzen liegt ein Schimmer offensichtlicher Wahrheit; und wirklich war der Verfasser wegen seiner Wahrheitsliebe so berühmt, daß es unter seinen Nachbarn zu Redriff zur sprichwörtlichen Redensart wurde zu sagen:*

„Es ist so wahr, als ob Herr Gulliver es gesagt hätte", wenn einer etwas behauptete. Der Autor Jonathan Swift bereiste freilich nicht wie sein Protagonist Gulliver Liliput, Brobdingnag, Laputa, Balnibarbi, Luggnagg, Glubbdubdrib und das → Land der Houyhnhnms, es wäre ihm wohl auch schwer gefallen, diese Länder auf einer → Karte zu finden. Seine Kritik galt der Heimat England. Seemannsgarn umgeht die Zensur.

Wenn einer eine Reise tut, so kann er was erzählen. Wer keine Reise tut, der auch. Vielleicht vor allem der? *Ich war nicht dabei, aber ich weiß ganz genau,* sagt die Autorin. *Aber es ist nichts erlogen, ich habe alles ehrlich erfunden,* sagt ihre Literatur. *Sitzen die wahren Erfinder des Seemannsgarns also im Warmen und auf dem Trockenen?*
Es scheint so.

Und überhaupt, was heißt wahr erzählen? Sicher, was *wüssten wir vom Russland zur Zeit der Napoleonischen Kriege ohne Tolstois* Krieg und Frieden? *Was vom Leben in der französischen Provinz im späten 19. Jahrhundert ohne Flaubert?* Aber gibt es denn *eine Stadt namens Moskau, so wie Tolstoi sie beschreibt, eine Stadt namens Berlin, von der Fontane erzählt, eine Stadt namens Paris, wie Maupassant sie schildert, wirklich, oder hat es sie jemals gegeben?*

Nein. Alles bloß Sprache. *Etliche, die wollten zu Land segeln und spannten die Segel im Wind und schifften über große Äcker hin: da segelten sie über einen hohen Berg, da mußten sie elendig ersaufen.* Und doch mehr als bloß Sprache. Denn *erst in der dritten Luft werde ergänzt und hinzugefügt, was zum vollständigen Bild der Welt noch fehle, erst in der Luft der Plattformen, Tanzsäle und Theater, der Kinos und wohl auch rauchiger Pubs, der Luft der Geschichten und der Verzauberung des Lebens in Lieder, verwandle sich beispielsweise ein ganzes Meer in ein einziges Wort, in eine Melodie, und rausche aus diesem Wort wieder hervor.*

Auch wundert man sich bald nicht mehr. Selbst wenn auf einmal ein weißes Kaninchen mit roten Augen vorbei läuft. *Daran war an und für sich nichts Besonderes; auch fand es Alice noch nicht übermäßig seltsam, daß das Kaninchen vor sich hin murmelte: „Jemine! Jemine! Ich komme bestimmt zu spät!" (als sie später darüber nachdachte, fiel ihr ein, daß sie sich eigentlich darüber hätte wundern müssen, aber im Augenblick erschien ihr das alles ganz natürlich).* So ist das, wenn Seemannsgarn gesponnen wird: Man könnte sich darüber wundern, wenn man möchte, aber man möchte gerade nicht: Man will eintauchen in das Unwahrscheinlichste. Und so nehmen die Dinge rasch ihren Lauf und Alice läuft mit: *Denn seht ihr, Alice waren bis jetzt schon so viele ungewöhnliche Dinge zugestoßen, daß sie langsam nur noch das wenigste für unmöglich hielt.* Nun wird immer mehr, bald alles möglich. *Und wie gerne wir uns dabei belügen lassen ...*

Vor allem von jenen, die wissen, wie man eine gute Geschichte strickt, und sich damit an *den unentschlossenen Käufer* wenden:

Wenn Seemannsgarn, erzählt zu Seemannsweisen,
Von Schiffen, Inseln, Winden rauh und hart,
Vergrabnem Gold, das lockt zu weiten Reisen,
Von Ausgesetzten und von Kaperfahrt –
Romantik eben, ganz nach alter Art,
Wie sie in früher Zeit mich hat bezwungen:
Wenn derlei auch noch in der Gegenwart
Euch kann betörn, ihr aufgeweckten Jungen,

Dann ist das Buch für Euch! Lest!

Erzählen will gekonnt sein. *Seine Geschichten sind noch nicht mal die schlechtesten, möchte ich meinen …, seine Garne haben immer Kopf und Schwanz, Anfang und Ende, das muß man ihm lassen.* Es ist ja gar nicht so einfach, all das, was zu erzählen ist, auf die Reihe zu bringen.

Ich, die ich die Dinge in Folge reihe, sage, dass Geschichten Unwägbarkeiten sind, die in ihrem Erzählverlauf ein Eigenleben entwickeln, das es schwer macht, das, was in Folge gereiht werden soll, in Folge zu reihen. Wehe, der Faden reißt. *„Dann sehe ich …" Dann sehe ich was? dachte er und wußte, daß er das nie mehr ergründen würde. Warum hatte er vor nunmehr vier Monaten mitten im Satz aufgehört?*

Wie und wo entsteht das Seemannsgarn, das fesselt? Matrosen spinnen es, während sie Taue und Netze flicken. Eltern spinnen es, wenn sie ihren Kindern die Geschichte der Familie erzählen. Partner spinnen es, wenn sie einander erinnern, wie sie sich kennengelernt haben – damals. Reisende spinnen es, wenn sie nach Hause kommen und darstellen wollen, was sich nicht darstellen lässt. → Kapitäne spinnen es, während sie aufs offene Meer schauen, ins Morgen. Erzählt wird *zu allen Zeiten, an allen Orten und in allen Gesellschaften.* Das Seemannsgarn *beginnt mit der Geschichte der Menschheit; nirgends gibt und gab es jemals ein Volk ohne* Seemannsgarn. Es *ist international, transhistorisch, transkulturell, und damit einfach da, so wie das Leben.*

Matrosen spinnen es, während sie Taue und Netze flicken.
Ein Zeitvertreib, der weit weg führen kann oder tief ins Innere.
Auch auf der nächtlichen Themse sitzen Männer, zusammengehalten durch das *Band der See,* und warten, bis die Ebbe kommt, *doch erst als er nach langem Schweigen zögernd wieder ansetzte: „Ich nehme an, ihr erinnert euch, dass auch ich eine Zeit lang Süßwassermatrose war", wussten wir, dass wir dazu verdammt waren, uns bis zum Ablaufen der Flut eine von Marlows endlosen Abenteuergeschichten anzuhören. „Ich will euch nicht langweilen mit dem, was mir persönlich widerfahren ist", begann er und bewies damit sogleich die Schwäche so vieler Geschichtenerzähler, die offenbar nie wissen, was ihre Zuhörer am liebsten hören* ... Marlows Geschichte, erzählt in dieser Londoner Nacht auf der Hochseejacht Nellie, wird direkt ins Herz der Finsternis führen, und zwar alle, nicht nur die anwesenden Seemänner: *Wer einer Geschichte zuhört, der ist in Gesellschaft des Erzählers; selbst wer liest, hat an dieser Gesellschaft teil.*
Und hat Teil am Grauen, das dann erzählt wird wie auf dieser Jacht.
Und Teil an der Erleichterung, dass das ja alles nur Erzählung ist.
Oder doch nicht?

Das Seemannsgarn hält aber auch Trost bereit in Situationen der Bedrängnis, hilft Furcht zu vertreiben, den Tod wenigstens eine Zeitlang, die Zeit des Spinnens lang, zu töten. Etwa in jenem Landhaus in den toskanischen Hügeln bei den zehn Flüchtlingen, die einander Geschichten erzählen, während in Florenz die Pest wütet. Aus dieser trostlosen Situation folgen *bald der Zauber und das Vergnügen* der Geschichten.

Dank des Seemannsgarns *sind wir mehr und sind wir andere und doch immer wir selbst.* In diesem Flechtwerk *lösen wir uns auf und vervielfältigen wir uns, weil wir sehr viele Leben mehr leben als das, was wir besitzen, und als die, die wir leben könnten, wenn wir auf das Wahrhafte beschränkt blieben und das Gefängnis der Geschichte niemals verließen.*

Das Seemannsgarn verbindet jene, die gemeinsam auf dem → Schiff sitzen, es überzeugt und ordnet, macht Sinn. Es erklärt, was geworden ist: *Die Erde aber war Irrsal und Wirrsal. Finsternis über Urwirbels Antlitz. Braus Gottes schwingend über dem Antlitz der Wasser. Gott sprach: Licht werde!* Und es festigt Gemeinschaften und Nationen:

Kriegstaten will ich besingen, den Helden dazu, der als Flüchtling,
Opfer des Schicksals, von Troja zuerst Italien erreichte,
dort, wo er später Lavinium gründete. Gnadenlos jagte
Juno voll Haß ihn über die Länder und Meere. Er musste
furchtbare Kämpfe auch ausfechten, bis er in Latium endlich
Wohnstätten schuf für sich selbst und die Götter der Vorfahren: Ursprung
für die Latiner, die Väter von Alba, Roms riesige Mauern.

Das Seemannsgarn, müsst Ihr wissen, ist kein seidener Faden. Es spinnt starke Taue. Scheherazade wusste das: Sie erzählte sich durch 1001 Nacht und rettete nichts weniger als ihr Leben. *Unsere Worte sind verirrte Lebensretter mit nutzlosen Landkarten und Vogelgezwitscher an Stelle von Kompassen. Verwirrt und hoffnungslos verirrt, und trotzdem sollen sie die Welt retten, erloschenes Leben, dich und hoffentlich auch uns.*

Seht ihr, das war eine richtige Geschichte!

Literatur (*kursiv* gesetzt in folgender Reihenfolge):

Brüder Grimm: Kinder- und Hausmärchen, hier: Das Dietmarsische Lügenmärchen.
Brüder Grimm: Kinder- und Hausmärchen, hier: Das Dietmarsische Lügenmärchen.
Walter Benjamin: Der Erzähler.
Marco Polo: Die Beschreibung der Welt.
Marco Polo: Die Beschreibung der Welt.
Walter Benjamin: Der Erzähler.
Jonathan Swift: Gullivers Reisen.
Felicitas Hoppe: Sieben Schätze.
Felicitas Hoppe: Pigafetta.
Felicitas Hoppe: Sieben Schätze.
Urs Widmer: Vom Leben, vom Tod und vom Übrigen auch dies und das.
Michael Ende: Vierundvierzig Fragen von Michael Ende an den geneigten Leser.
Brüder Grimm: Kinder- und Hausmärchen, hier: Das Dietmarsische Lügenmärchen.
Christoph Ransmayr: Die dritte Luft oder Eine Bühne am Meer.
Lewis Carroll: Alice im Wunderland.
Lewis Carroll: Alice im Wunderland.
Felicitas Hoppe: Sieben Schätze.
Robert Louis Stevenson: Die Schatzinsel.
Robert Louis Stevenson: Die Schatzinsel.
Flann O'Brien: Auf Schwimmen-zwei-Vögel.
Heike Geißler: Nichts, was tragisch wäre.

Cees Nooteboom: Ein Lied von Schein und Sein.
Roland Barthes: Das semiologische Abenteuer (Einführung in die strukturale Analyse von Erzählungen).
Roland Barthes: Das semiologische Abenteuer (Einführung in die strukturale Analyse von Erzählungen).
Roland Barthes: Das semiologische Abenteuer (Einführung in die strukturale Analyse von Erzählungen).
Joseph Conrad: Herz der Finsternis.
Joseph Conrad: Herz der Finsternis.
Joseph Conrad: Herz der Finsternis.
Walter Benjamin: Der Erzähler.
Giovanni Boccaccio: Das Decameron.
Mario Vargas Llosa: Die Wahrheit der Lügen.
Mario Vargas Llosa: Die Wahrheit der Lügen.
Bibel, Gen 1,1-3 (Verdeutscht von Martin Buber gemeinsam mit Franz Rosenzweig).
Vergil: Aeneis.
Jón Kalman Stefánsson: Himmel und Hölle.
Hans Christian Andersen: Die Prinzessin auf der Erbse.

Seewetter

Ein Wetterbericht ist ein Wetterbericht ist kein Wetterbericht.

Es blitzt und donnert, es stürmt und schneit, es lacht die Sonne und der Mond geht auf. Die → Schiffe der Weltliteratur sind vollbeladen mit Schilderungen diverser Wetterkapriolen und Naturschauspiele.

Es gibt Dinge, die man fünfzig Jahre weiß, und im einundfünfzigsten erstaunt man über die Schwere und Furchtbarkeit ihres Inhaltes. So ist es mir mit der totalen Sonnenfinsternis ergangen, welche wir in Wien am 8. Juli 1842 in den frühesten Morgenstunden bei dem günstigsten Himmel erlebten. Da ich die Sache recht schön auf dem Papiere durch eine Zeichnung und Rechnung darstellen kann, und da ich wußte, um soundso viel Uhr trete der Mond unter der Sonne weg und die Erde schneide ein Stück seines kegelförmigen Schattens ab, welches dann wegen des Fortschreitens des Mondes in seiner Bahn und wegen der Achsendrehung der Erde einen schwarzen Streifen über ihre Kugel ziehe, was man dann an verschiedenen Orten zu verschiedenen Zeiten in der Art sieht, daß eine schwarze Scheibe in die Sonne zu rücken scheint, von ihr immer

mehr und mehr wegnimmt, bis nur eine schmale Sichel übrigbleibt, und endlich auch die verschwindet – auf Erden wird es da immer finsterer und finsterer, bis wieder am andern Ende die Sonnensichel erscheint und wächst, und das Licht auf Erden nach und nach wieder zum vollen Tag anschwillt – dies alles wußte ich voraus, und zwar so gut, daß ich eine totale Sonnenfinsternis im voraus so treu beschreiben zu können vermeinte, als hätte ich sie bereits gesehen.
Aber, da sie nun wirklich eintraf, da ich auf einer Warte hoch über der ganzen Stadt stand und die Erscheinung mit eigenen Augen anblickte, da geschahen freilich ganz andere Dinge, an die ich weder wachend noch träumend gedacht hatte, an die keiner denkt, der das Wunder nicht gesehen.

Hier versucht ein Augenzeuge, das tatsächlich Erlebte in Worte zu fassen und der Nachwelt zu reichen und stößt dabei an die Grenzen der Sprache: *habet Nachsicht mit diesen armen Worten, die es nachzumalen versuchten, und so weit zurückgeblieben.*
Wäre ich Beethoven, so würde ich es in Musik sagen; ich glaube, da könnte ich es besser.

Doch nicht jeder → Kapitän ist durch den Sturm gesegelt, den er erzählt. So wichtig, wie den → Kurs zu halten und die → Besatzung bei Laune, ist das Wettermachen an → Bord.

Über dem Atlantik befand sich ein barometrisches Minimum; es wanderte ostwärts, einem über Rußland lagernden Maximum zu, und verriet noch nicht die Neigung, diesem nördlich auszuweichen. Die Isothermen und Isotheren taten ihre Schuldigkeit. Die Lufttemperatur stand in einem ordnungsgemäßen Verhältnis zur mittleren Jahrestemperatur, zur Temperatur des kältesten wie des wärmsten Monats und zur aperiodischen monatlichen Temperaturschwankung. Der Auf- und Untergang der Sonne, des Mondes, der Lichtwechsel des Mondes, der Venus, des Saturnringes und viele andere bedeutsame Erscheinungen entsprachen ihrer Voraussage in den astronomischen Jahrbüchern. Der Wasserdampf in der Luft hatte seine höchste Spannkraft, und die Feuchtigkeit der Luft war gering. Mit einem Wort, das das Tatsächliche recht gut bezeichnet, wenn es auch etwas altmodisch ist: Es war ein schöner Augusttag des Jahres 1913.
Auch so kann man → ablegen und einen Roman, der mit diesen Zeilen beginnt, zeithistorisch einbetten, in ein Jahr vor Kriegsbeginn.

Wo ein kleiner Windhauch auftritt, kann bald ein großer Sturm wüten: Unheil droht. Ein Himmel in blauestem Blau und mit Schäfchenwolken malt das Glück auf Erden. Das Wetter begleitet und deutet. Auch die wechselnde Stimmung der → Besatzung:

Man kann vielleicht nicht in das Innerste der Figuren sehen, aber das Wetter verrät, was in Köpfen und Herzen los ist. Wenn König Lear rast, toben alle Elemente mit ihm.

Blast, Wind', und sprengt die Backen! Wütet, Blast! –
Ihr Katarakt' und Wolkenbrüche, speit,
Bis ihr die Türm' ersäuft, die Hähn' ertränkt!
Ihr schweflichten, gedankenschnellen Blitze,
Vortrab dem Donnerkeil, der Eichen spaltet,
Versengt mein weißes Haupt! Du Donner schmetternd,
Schlag' flach das mächt'ge Rund der Welt; zerbrich
Die Formen der Natur, vernicht' auf eins
Den Schöpfungskeim des undankbaren Menschen!

Wo es blitzt und donnert, ist Zorn und Aufruhr nicht weit.
Die Literatur, soweit sie sich überhaupt ums Wetter kümmert, macht selten von der Wirkung des Kontrasts zwischen Gemüts- und Wetterzustand Gebrauch. Im Allgemeinen wird Parallelismus der Stimmungen bevorzugt, obschon er leicht flach und leer wirkt wie ein Lied, in dem die Singstimme egal mit der Begleitung geht. Weiche Luft und weiche Gefühle, Sturm und innerer Wirrwarr, Glück und Sonne,

Blätterfall und Sterbe-Gedanken, Nebel und Verdrießlichkeit gehen, auch in der klassischen Dichtung, gern Hand in Hand.

Schneesturm? Selten, dass darin einer das anvisierte Ziel erreicht. Wer in den Schneesturm kommt, verliert bald die Orientierung. Ziel, Richtung und Anlass der geplanten Reise verschwimmen, und nicht nur das. Möglicherweise tun sich gleich die Abgründe eines ganzen Lebens auf.

Nebel? Auffälligerweise fällt er gerne in der Großstadt ein, in der Menschen verloren gehen und Verbrechen geschehen, die nie aufgedeckt werden. Das Anagramm gesellt sich gern zum Leben:
um offen, und das bar, zu sein,
ist auch verschlossenes von nöten

Wolken? Als Schäfchenwolken markieren sie die Idylle, den naturwissenschaftlich Interessierten sind sie physikalisch erklärbares Ereignis – die Poesie ihrer Namen aber nährt Litaneien.
Inzwischen schien mehr als die Hälfte, schienen drei Viertel, sieben Achtel des Himmels wolkenbedeckt, und es war ausgeschlossen, daß der Ballon zum Vorschein kam, trotz aller Flüche und Verwünschungen,

vor allem der Oberstleutnant tat sich hervor, trotz der Gebete des Meteorologen, so wirkten sie, seine Aufzählungen, seine Anrufungen, wie Gebete, wie Litaneien, Zirrus, Zirrostratus, Zirrokumulus, Altokumulus, Altostratus, Nimbostratus, Stratokumulus, Stratus, Kumulus, Kumulonimbus, und er ging ganz und gar in ihnen auf: „Das sind die Säulenheiligen."

Regen? *Was besonders den Regen anlangt, so kommt ihm, glaube ich, ein weiterer Rollenkreis zu als jener, in dem die Literatur ihn beschäftigt. Es gibt zumindest so viele Spielarten von Regen wie Farben und Zwischenfarben im Regenbogen: melodischen Regen und Regen, tonlos wie Bettler-Litanei, Regen, der herabkommt, als fiele er aus einem Loch in der Ewigkeit, Regen, der nichts ist als wäßrig, „Laß-fahren-alle-Hoffnung"-Regen, Läster-Regen, der das Ohr mit Klatsch füllt von der Bosheit der Welt, lyrischen, dramatischen und epischen Regen – kurz, Regen für jederlei literarischen Bedarf.*

Sonne? *Die Sonne schien, da sie keine andere Wahl hatte, auf nichts Neues.*

Literatur (*kursiv* gesetzt in folgender Reihenfolge):

Adalbert Stifter: Die Sonnenfinsternis am 8. Juli 1842.
Adalbert Stifter: Die Sonnenfinsternis am 8. Juli 1842.
Robert Musil: Der Mann ohne Eigenschaften.
William Shakespeare: König Lear.
Alfred Polgar: Das Wetter in der Literatur.
Ferdinand Schmatz: das grosse babel,n.
Norbert Gstrein: O_2.
Alfred Polgar: Das Wetter in der Literatur.
Samuel Beckett: Murphy.

Vertäuen

Als der Ozean sich hebt und einen Rhythmus von Wellen an den Strand wirft, blickt Piedade auf, um zu sehen, was da gekommen ist. Wieder ein Schiff vielleicht, aber anders diesmal, einlaufend in den Hafen mit seinen Passagieren und Matrosen, die gerettet und verloren sind und alle zittern, denn sie waren lange in Not. Jetzt werden sie ausruhen, ehe sie die endlose Arbeit auf sich nehmen, die zu leisten sie hierher gesandt wurden, herunter ins Paradies.

Schiffsreisen enden, wenn nicht durch Schiffbruch oder Piraterie, in Häfen, Fernweh- und Sehnsuchtsorte seit Jahrtausenden, Orte, an denen das unberechenbare Flüssige vom sicheren Festen gebannt wird, das Feste sich aber zu verflüssigen scheint. *Wem aber hätte er das erklären sollen, wenn er es selbst schon nicht begriff?*

An stürmischen Tagen ist die Gischt meterhoch, die Mauer der Hafenmole löst sich im Salznebel auf und keine Grenze ist mehr auszumachen zwischen Himmel und Erde, → Land und Meer.

Und so finster, wie die Reise begann, endet sie nun auch im Hafen – nein, sie führt weiter. *Über der Flussmündung hing eine schwarze Wolkenwand, und der stille Wasserweg, der bis zu den äußersten Enden der Erde reicht, strömte düster unter dem bedeckten Himmel dahin – schien hineinzuführen in das Herz einer gewaltigen Finsternis.*

An windstillen Tagen liegt das Wasser klar und durchlässig, und man sieht die Steine tief unten am Grund des Hafenbeckens, wie zum Greifen nah. – – *Am andern Morgen, beim goldensten Sonnenlichte, das über einer weiten Verwüstung aufgegangen war, ritt ich über den Hauke-Haien-Deich zur Stadt hinunter.* Alles gut, Ende gut. Rührung und Schauder sind durchlitten, alle Gefahren überstanden, man kann sich das Salz aus den Augen reiben und meint, wieder klar zu sehen und festen Boden unter den Füßen zu haben.

So sicher ist das jedoch nicht

weil man das, was ich schreibe, im Dunkeln lesen kann.

→ Schiffe legen an, sie kommen von weither. → Passagiere stehen an Deck und haben → Land entdeckt, an das sie nun benommen wanken. Noch immer sitzt ihnen, was sie erlebt haben, in den Knochen.

Ich setzte mich, blickte zwischen den Schneeflocken auf die ins Orange spielenden Lichter der letzten Häuser in der Vorstadt, die heruntergekommenen Zimmer, in denen ferngesehen wurde, den dünnen, zitternden feinen Rauch, der aus niedrigen Schornsteinen auf schneebedeckten Dächern aufstieg, und begann zu weinen.

Unter das Kreischen der Möwen mischen sich fremde Sprachen. *Es herrscht große Unruhe.* Fischer vertäuen ihre Boote und machen sich müde auf den Weg nach Hause. *Auf halber Strecke gestoppt von einer Schafherde.* Denn immer noch kann etwas passieren. *So stemmen wir uns voran, in Booten gegen den Strom, und werden doch immer wieder zurückgeworfen ins Vergangene.* Und in der Ankunft liegt schon die nächste Abfahrt. *Aber ich schätze, ich muss noch vor den anderen zum Injanerterritorium abrücken, weil mich Tante Sally adoptieren und siwilisieren will, und das halt ich nicht aus. Ich hab's ja schon mal durchgemacht.*

Häfen sind Bahnhöfe sind Flughäfen sind Abschiedsorte sind Ankunftsorte. Da geht sie nun, die → Besatzung, und die → Passagiere blicken ihr nach. Immerhin hat man viel Zeit miteinander verbracht. Manchmal hat man einander begleitet, als wäre man real. Und womöglich so manche Träne vergossen. Nun trennt das Ende des Geschriebenen → Besatzung und → Passagier. *Und wohin immer er verschwunden sein mag, ich wünsche ihm Glück.*

Diesmal ist es wirklich aus.
(Geht ab)

Ein Text hat ein Ende. Ja, als geschriebener. Als gelesener kommt er an kein Ende. Denn auch der letzte Satz lädt ein, abzulegen ins Ungewisse.

Nun fängt die Verwandlung vielleicht erst an.

Aber die Geschichte ist noch nicht zu Ende. Es bleibt noch der letzte Augenblick, und der wird erst kommen, wenn Blue das Zimmer verlassen wird. Das ist der Lauf der Welt: nicht einen Augenblick mehr, nicht einen Augenblick weniger. Wenn Blue von seinem Stuhl aufstehen, den Hut aufsetzen und durch die Tür gehen wird – das wird das Ende sein.

Wohin er danach gehen wird, ist nicht wichtig. Denn wir müssen uns erinnern, daß sich das alles vor mehr als dreißig Jahren zutrug, in den Tagen unserer frühesten Kindheit. Daher ist alles möglich. Ich selbst ziehe es vor zu denken, daß er weit fort ging, daß er an diesem Morgen einen Zug nahm und nach Westen fuhr, um ein neues Leben zu beginnen. Es ist sogar möglich, daß Amerika nicht das Ende war.
In meinen geheimen Träumen denke ich gern, daß Blue eine Passage auf einem Schiff buchte und nach China fuhr. Nach China also, lassen wir es dabei. Denn nun kommt der Augenblick, in dem Blue vom Stuhl aufsteht, seinen Hut aufsetzt und durch die Tür geht. Und von diesem Augenblick an wissen wir nichts mehr.

Die Zitate (*kursiv* gesetzt in folgender Reihenfolge) sind letzte Sätze aus:

Toni Morrison: Paradies.
Cees Nooteboom: Ein Lied von Schein und Sein.
Joseph Conrad: Herz der Finsternis.
Theodor Storm: Der Schimmelreiter.
António Lobo Antunes: Gestern in Babylon hab ich dich nicht gesehen.
Orhan Pamuk: Schnee.
Julian Barnes: Vom Ende einer Geschichte.
Christoph Wilhelm Aigner: Eigenleben oder wie schreibt man eine Novelle.
F. Scott Fitzgerald: Der große Gatsby.
Mark Twain: Huckleberry Finns Abenteuer.
Paul Auster: Stadt aus Glas.
Alessandro Baricco: Novecento.
Paul Auster: Schlagschatten.

Brigitte Schwens-Harrant, Ressortleiterin „Literatur“ der Wochenzeitung „Die Furche“ (Wien) und Lehrbeauftragte an der Universität Innsbruck. Publizierte u. a. „Literaturkritik. Eine Suche“, Innsbruck 2008.

Jörg Seip, Professor für Pastoraltheologie an der Rheinischen Friedrich-Wilhelms-Universität Bonn. Publizierte u. a. „Der weiße Raum. Prolegomena einer ästhetischen Pastoraltheologie“, Freiburg 2009.

Im Klever Verlag publizierten Brigitte Schwens-Harrant und Jörg Seip 2012: „Der geplünderte Tempel. Ein Dialog“.